JOUIR

JACQUES MADINIER

ROMAN

© 2013, Madinier
Edition : BoD - Books on Demand
12/14 rond-point des Champs Elysées
75008 Paris
Imprimé par BoD – Books on Demand, Norderstedt, Allemagne
ISBN : 9782322033911
Dépôt légal : Novembre 2013

Les enfants n'ont ni passé ni avenir, et, ce qui ne nous arrive guère, ils jouissent du présent.

Les Caractères. Jean de La Bruyère.

Je commençais à être fatigué de vivre le monde extérieur par écran de télé interposé. Monde virtuel, sans saveur, sans odeur et sans relief, en un mot déshumanisé. Et quelle frustration irraisonnée je ressentais devant tous ces humains qui s'agitaient, sans raison ni talent la plupart du temps, et dont la reconnaissance était confirmée par ceux qu'ils présentaient les mettant en valeur en se valorisant eux-mêmes. L'ère des critiques objectives, si tant qu'elle ait existée un jour, s'effaçait devant les mondanités d'un monde superficiel où les modes se faisaient et se défaisaient au gré des gourous médiatiques.

Pour être honnête avec cette forme de société, il faut dire que quelques-uns, et souvent parmi les moins talentueux, s'accrochaient à leurs privilèges et duraient plus que d'autres, surtout si les événements de la planète les favorisaient par des famines, guerres ou quelques rébellions, inondations et catastrophes diverses voir des actes de terrorisme. Et les trains qui déraillaient ou même les avions qui s'écrasaient ou bien étaient dirigés sur des tours, symboles d'une civilisation, ce n'est pas ce qui manquait pour alimenter leur faconde. Sans parler d'un des fléaux de notre temps, je veux parler de l'automobile, avec son cortège d'accidents, lesquels n'étaient même plus évoqués que s'ils avaient faits au moins vingt victimes et étaient de plus particulièrement spectaculaires ; les autres accidents, même s'ils représentaient des dizaines de milliers de morts chaque année, ils étaient le lot de chaque famille ; à elle d'être attristée parce que l'un des siens avait disparu prématurément. Et rien n'y pouvait changer : chacun avait conscience de bien conduire ces chariots de feu...

Mais pour revenir à ces hérauts du monde, que sont les présentateurs de la télé ou les pisse-copies de certains journaux à forts tirages, leurs chroniques s'alimentaient d'elles-mêmes depuis que la tolérance était devenu le maître mot d'une démocratie qui tremblait sur ses bases : les scandales financiers, politiques et autres se bousculaient et les proxénètes de tout bord tenaient le haut du pavé, après avoir jeté sur le trottoir des filles - et aussi des garçons - qui avaient eu le tort de naître aux mauvais endroits. Tous ces personnages s'agitaient sur les écrans et leurs photos retouchées s'étalaient sur les pages couleurs lesquelles paradoxalement les blanchissaient d'un argent sale.

Malgré tout, je constatais avec amertume que j'avais parfois envie de redevenir acteur, de bouger, d'évoluer. Mais pas comme ces pantins dont on tirait les ficelles dans les coulisses de l'actualité. Pas n'importe quand, ni comment et avec n'importe qui. J'étais devenu de plus en plus difficile, exigeant plus de moi-même que de mes congénères qui me semblaient suivre des voies de plus en plus scabreuses, certains pensant, peut-être de bonne foi, qu'il s'agissait là de l'évolution et que tout allait dans le bon sens.

Cependant, rien ne m'intéressait véritablement et puis je ne souhaitais surtout pas retrouver mes semblables dans leurs occupations ou préoccupations professionnelles et privées. Les rares fois où j'éprouvais l'envie d'entrer en contact avec d'autres bipèdes, et sans trop insister, à la moindre complication je me repliais dans l'univers que je m'étais inventé.

Au début de mon retrait des activités du monde fébrile affairé et de profit, j'avais eu l'impression nouvelle de pouvoir enfin respirer à fond, libéré des contraintes dites socioprofessionnelles. Puis le piège de l'isolement s'était refermé progressivement sur moi. J'en avais eu pleinement conscience et l'avais accepté.

J'espérais singulièrement à ce moment là, de façon naïve, atteindre la sérénité, enfin un état presque ascétique, lequel m'aurait affranchi des conséquences de mon insociabilité.

L'accession à cette ascèse fut toutefois contrariée par cet inexorable symbole prédominant dans notre macrocosme : l'argent. Sans lui, pas de vie dans la société dite "civilisée" et même dans d'autres.

Je savais bien que des moines tibétains ou autres chamans indiens étaient arrivés à un dénuement presque total qui m'aurait aidé dans ma quête de l'absolu. Mais je n'avais nullement envie d'aller vivre dans ces contrées. J'appréciais de pouvoir prendre une douche avec, à mon gré, l'eau chaude, froide ou même tiède ! Et, outre l'envie qui me manquait de rejoindre ces pays, je me donnais comme excuse que je n'avais pas les clefs pour entrer dans ces mondes et qu'il était trop tard pour « faire carrière » dans cet univers, que j'aurais dû m'y prendre plus tôt, que je n'étais pas né où il le fallait..., enfin mille raisons qui n'en étaient pas.

Ces atermoiements, s'ils me consolaient de mon pitoyable sort, ne résolvaient pas mon véritable problème qui consistait pour l'essentiel à vivre et contenter mes sens qui ne demandaient eux qu'à exister plus intensément, du fait même d'une plus grande liberté et d'une quarantaine à peine dépassée où le corps a encore, pour notre plaisir, ses exigences physiologiques.

J'avais donc une certaine obligation de me procurer l'argent qui pourrait contribuer à satisfaire mon ego, tout en préservant ce que je considérais comme ma liberté. Toutefois, même si j'avais conscience de cette exigence vitale, je ne pouvais m'empêcher de la traiter nonchalamment et d'une manière secondaire.

J'attribuais en cette période une plus grande importance à une autre préoccupation dont j'avais été, bien maladroitement, à l'origine.

Depuis plus de trois mois, nous étions séparés Vicky et moi.

Des malentendus sur la forme, mais pas sur le fond. Car je supposais notre amour bien trop fort pour que l'un ou l'autre puisse songer à une rupture définitive.

Peut-être étais-je le seul à le penser, puisque, il fallait bien l'admettre, cet amour était devenu trop difficile à vivre dans sa matérialité. Chacun avait eu sa part de responsabilité dans cette séparation qui nous attristait tous les deux.

Elle, était à une période de sa vie où l'aventure commence à peser : elle aurait bien aimé se poser, qu'on se pose ensemble. Oh ! Pas en petits bourgeois tranquilles, mais tout de même moins sur le qui-vive, plus en sécurité par rapport au lendemain. Elle avait assez trimé comme ça et le méritait bien.

Moi, je l'adorais et j'étais prêt aussi à me ranger. Enfin pas tout à fait, car j'avais tout de même peur d'une petite vie pépère, et puis j'avais l'impression de pas vraiment pouvoir me payer ce luxe. Dépendre matériellement en partie d'elle, n'aurait pas trop atteint ma fierté de mâle, c'était plus une façon de respecter notre amour en apportant ma pierre à sa réalisation et à son quotidien.

Elle l'avait très bien compris, mais aurait aimé en conséquence que je passe la vitesse supérieure.

Et moi je restais la plupart du temps dans mes rêves et utopies.

Je croyais encore - faut-il être un sacré imbécile !- en la bonté et la générosité des autres, des amis, des relations, des renvois d'ascenseurs, des ceux qui allaient m'aider à sortir de l'impasse dans laquelle je m'étais fourvoyé.

Et, comme j'aimais tellement Vicky, notre amour prenait l'essentiel de mon temps. Tout le reste m'était égal. Je n'avais pas assez de mes jours et mes nuits pour la contempler, la caresser, l'admirer, la respirer, la manger, la boire... la vivre.

Seulement, tout ça n'était pas suffisant...

Cet amour trop fort, par ce qu'il exigeait d'exclusivité et de rigueur dont il devait se nourrir, fut d'ailleurs une des causes de notre différend.

Mais cette séparation, qui nous faisait si mal, ne fut également due qu'à mon inconstance infantile.

Avec sa fichue intuition féminine, Vicky avait perçu l'existence de Sandra, enfin d'une autre.

Bon sang, Sandra c'était du passage, de l'égarement auquel devrait avoir droit un homme, surtout quand il dérive plus ou moins dans sa vie.

Enfin, tout s'était précipité le soir où j'avais rencontré Sandra.

L'après-midi, on s'était un brin disputé Vicky et moi.

Je ne voulais pas aller seul, à ce cocktail professionnel pour lequel j'avais eu une invitation pour deux... Vicky ne pouvait pas m'accompagner; sa mère revenait d'un séjour de quelques mois en maison de repos, et elle voulait l'aider à se réinstaller dans son appartement en ville. Je la comprenais parfaitement et me proposais même de l'assister d'une façon ou d'une autre. De plus, cela m'arrangeait, car il y avait belle lurette que j'avais rompu les amarres avec toute une clique de raseurs intellos qui sévissent dans ces réunions, prétextes pour quelques-uns à se faire valoir et à d'autres pour boire un coup à l'œil.

J'étais certain de m'ennuyer à mourir là-bas, surtout sans elle.

Mais, elle, pensait que je pourrais rencontrer des gens utiles et que de toute façon, il était toujours bon de se montrer dans ces réceptions. Que je pouvais, pour une fois, faire un effort, que je manquais de courage et d'autres choses encore, toutes aussi agréables à entendre, même si certaines étaient méritées.

J'ai fini par céder à ses instances.

C'est ainsi que je me suis retrouvé, seul, au milieu d'une bande d'illuminés qui se prenaient pour des supers bipèdes, leur verre de champ' ou de scotch à la main.

Il suffisait de les brancher sur leur boulot, leur bagnole ou leur hobby - quand ils en avaient un -, pour qu'ils n'arrêtent plus de fabuler.

J'écoutais d'une oreille distraite ce genre de propos insipides, redondants et pleins d'autosatisfaction, quand mes yeux, qui furent agréablement accrochés par une paire de jambes nerveuses, gainées d'un fin nylon brun transparent, remontèrent bientôt jusqu'à l'amorce de deux cuisses fermes et musclées à peine cachées d'une jupe beige, courte et moulante.

L'intensité de mon regard avide qui grimpait alors dans son dos, fit que la créature à laquelle appartenaient ces appâts se retourna vers moi comme si j'avais guidée son visage dans ma direction avec une télécommande.

J'eus droit presque immédiatement à un charmant sourire que je m'empressai de rendre.

Instantanément, je plantai là le gros imbécile qui me débitait son tas de bêtises pour dire bonjour de plus près à ce minois ravissant et décidé et dont la propriétaire ne fut plus bientôt une totale inconnue.

J'appris de sa bouche même, que Sandra - c'était son prénom qu'elle m'avait gentiment susurré -, s'ennuyait ferme elle aussi à cette réception et le dernier rayon de soleil qui filtrait à travers les grandes baies vitrées nous permit d'évoquer des horizons lointains, lesquels contribuèrent à nous rapprocher.

Elle n'avait pas sa voiture, s'étant fait déposer par une amie à cette joyeuse soirée. Comme j'avais la mienne, nous décidâmes en conséquence de partir conjointement pour fuir le bruit et la fumée.

Peu après, ayant mis le cap vers son domicile, je ne pouvais m'empêcher tout en conduisant de lorgner vers sa jupe retroussée suffisamment haute, et saliver sur des cuisses provocantes et aphrodisiaques, à portée de main.

Mince, quel morceau de roi c'était..., mais je n'avais pas envie d'être infidèle à Vicky.

Je me dis alors que j'allais seulement la raccompagner chez elle, que je voulais me montrer complaisant, mais que ça n'irait pas plus loin... Enfin, tout de même, quand elle m'a proposé de prendre un verre de *Jack Daniels* chez elle pour me remercier, je n'ai pas eu le courage de refuser.

Et dans l'escalier de l'immeuble, comme je la suivais pour monter à son appartement, je n'ai pas pu m'empêcher de toucher un peu plus haut, sous sa jupe, à la lisière foncée du nylon et de sa chair soyeuse.

Elle m'aurait balancé une tarte méritée dans la figure ou aurait crié aux petits pois, ça aurait mis un terme à mon indélicate offensive. Au contraire, elle s'est doucement calé le bas du dos contre ma main baladeuse, se blottissant bientôt contre moi.

Ensuite, je l'ai enlacée, et mon autre main en a profité pour marauder les fruits charnus qu'emballait son mini soutien-gorge, tandis qu'elle tournait la tête et que ses lèvres n'eurent pas de peine à trouver les miennes.

Alors, poursuivant l'exploration de cet accueillant domaine, j'ai senti sa petite culotte se mouiller, et comme j'avais une affaire grandissante dans la mienne, je n'ai pas su résister à nous procurer du bien-être de la façon la plus naturelle.

Cette nuit-là, je suis rentré très tard - ou très tôt, comme on veut -.

Vicky ne dormait pas, et malgré tout le mal que je me suis donné, j'ai eu toutes les peines du monde à lui faire admettre que la réunion avait été si intéressante, que j'en avais oublié de l'appeler.

Peu après cette soirée, comme je revoyais de temps en temps Sandra pour la bonne cause, Vicky suggéra calmement, un jour plus bête et plus noir que les autres, que l'on devrait essayer de mener une autre vie. Nous convînmes, enfin elle plus que moi, mais tous deux à contrecœur, de nous voir moins, et même de ne plus nous voir du tout pendant un temps indéterminé...

Je respectais cette décision, partant du principe qu'un partenaire que l'on oblige n'en est plus un.

Mais, pour tromper la solitude qui me rongeait, je me suis mis à voir de plus en plus souvent Sandra qui ne demandait que ça.

Cependant, si je trouvais mon compte à faire l'amour avec elle, car elle m'excitait et satisfaisait en partie mes sens, mes sentiments n'étaient pas aussi forts ni les mêmes que ceux que j'éprouvais envers Vicky qui, elle, me manquait cruellement.

En plus de cette détresse amoureuse, je traversais une passe où jamais je n'avais été aussi fauché.

Mes cartes de crédit n'en avaient plus ! Elles refusaient obstinément, en se gondolant, de passer dans toute machine à l'usage de n'importe quel commerçant malhonnête ou honnête - il en existe encore, paraît-il.

Les factures et leurs rappels virulents s'accumulaient sur le bureau au premier étage.

J'en avais marre de solliciter tout le monde pour des délais de règlements.

Je me demandais parfois si je n'allais pas être obligé de vendre la maison pour payer l'eau, l'électricité les taxes d'habitation et de ramassage des ordures.

J'avais beau être sobre, je bouclais de plus en plus difficilement mes fins de mois.

Heureusement, les sports d'hiver ou les joies de la plage en été ne m'intéressaient pas. Pas plus que les bagnoles, les sorties dans les restaurants ou les boites de nuit, enfin tout et le reste de ce qui constitue la panoplie du parfait consommateur de notre temps. Seul me manquait de me payer un bon film, un théâtre et de temps en temps un voyage lointain. Certes, je compensais par la lecture, plus accessible à mon portefeuille en peau de chagrin.

Les travaux d'écriture dans des petits journaux locaux, qu'on me confiait parfois, se faisaient de plus en plus rares.

Et puis, malgré ma volonté, mon bouquin n'avançait pas. Parfois, je me mettais à écrire des suites de phrases amphigouriques ou qui me semblaient telles. Et, quand pour trouver l'inspiration, je m'efforçais de laisser vagabonder mon esprit, au bout de cinq minutes je voyais l'image de Vicky qui venait me troubler, souriante et toujours plus que présente dans ma tête.

Un jour, Sandra m'annonça qu'une de ses copines travaillait dans une boite où le patron recherchait quelqu'un de confiance pour une tournée à travers le pays.

Il s'agissait, d'après la copine, de mettre en place des displays et autres imprimés et cartons publicitaires dans divers magasins sélectionnés, un peu partout dans le pays.

Il fallait une certaine disponibilité pour se déplacer, une bonne présentation, du bon sens, de l'organisation et savoir conduire.

Je n'avais rien demandé à Sandra ni même parlé de ma situation, mais elle avait remarqué mon état de désolation et m'avait senti au bord du précipice. Elle s'était dit que ça pouvait m'intéresser et avait tenu après réflexion de m'en parler.

Je devais être dans un bon jour lorsqu'elle m'avisa de cette nouvelle, car j'évitais de lui dire de se mêler de ses affaires. Après tout elle était bonne fille et me voulait certainement du bien et à priori ce job ne semblait pas être déplaisant.

C'est pourquoi, il fut convenu qu'un soir prochain on rencontre la copine et son boss pour qu'ils m'en racontent plus et voir si je convenais pour ce genre de besogne.

Je m'étais habillé pour ce rendez-vous avec mon futur employeur. Enfin, j'avais mis un jean propre et ma plus belle chemise sans cravate. Jouer les cadres moyens ou employés supérieurs avec attaché-case et costume trois pièces m'était à jamais passé, si même j'avais un temps donné dans ce registre, je ne m'en souvenais plus.

J'ai tout de suite pigé en pénétrant dans le bureau que la copine de Sandra, « the secrétaire » était entièrement à la disposition, corps et âme - peut-être même plus corps - de son gros patron.

Lui, avait une bouille ronde sympathique et cachait sa timidité derrière un large bureau, d'où il émergeait en manches de chemise à carreaux.

Comme c'était la fin de la journée, on est allé manger tous les quatre dans un petit restau à l'autre bout de la ville.

Pendant que je conduisais, j'ai pu voir dans mon rétroviseur qu'il fourrait ses mains sous la jupe de sa secrétaire et, plus tard, dans la soirée, comme ils étaient en confiance, ils se sont plus gênés pour se rouler des pelles devant nous.

Le contact a été tout de suite bon entre Gary et moi. J'avais même en prime, un ticket de faveur avec Josie, la secrétaire-copine de Sandra et secrétaire-maitresse de Gary. Mais là pas de risques, je ne voulais pas me mettre mal avec le gros Gary et puis je laisse les blondes trop enveloppées à d'autres qui s'en régalent.

Enfin, on a passé une bonne soirée et sur les coups de deux heures du matin, on se tutoyait tous.

Quand on s'est quitté quelques verres plus loin, Gary m'a déclaré :

- Faut qu'on se revoie demain, on sera plus frais pour discuter sérieusement du boulot.

Ce n'était pas le genre de type à faire des grandes théories et se perdre dans des discours qui se terminent en péroraisons aussi précieuses qu'inutiles.

Il avait avant tout le sens pratique. S'il fallait mettre la main à la pâte, il n'hésitait pas et trouvait ça normal, sans pour autant être un mordu du travail, qu'il considérait uniquement comme un moyen de subsistance, en quelque sorte un passage obligé, comme c'est le cas pour une majorité de types qui n'ont pas gagné le gros lot, où qui n'ont pas trouvé dans leur berceau les rentes nécessaires à une existence oisive.

Huit jours plus tard, je quittais la ville au volant d'un break rempli de cartons multicolores qui vantaient les mérites d'une pâte dentifrice et d'autres un ensemble de vases et couverts du dernier design à la mode.

Je devais semer ces œuvres d'art contemporain tout au long d'une centaine de magasins dans le nord du pays.

J'en avais pour deux semaines d'après les prévisions de nos tournées à Gary et moi. Lui s'était réservé le sud et partait aussi pour la même période.

Sandra, qui avait pris un congé d'une huitaine de jours, avait tenu à m'accompagner pendant les quatre ou cinq premiers jours, assurant qu'elle reviendrait par ses propres moyens, en train ou en bus.

Je ne peux pas dire que ça m'arrangeait particulièrement de la traîner avec moi, vingt-quatre heures sur vingt-quatre.

Enfin, je n'avais pas voulu lui faire de la peine, et puis elle me tenait chaud la nuit dans ces hôtels à deux sous où le chauffage automnal fonctionne aussi mal que l'air conditionné l'été.

Toujours est-il qu'elle est restée pendant près de huit jours et que j'ai dû mettre les bouchées doubles pour finir ma tournée dans les temps.

Parce qu'avec elle, je travaillais quatre heures par jour au maximum.

Elle avait toujours envie et je ne savais pas lui dire non : matin, midi, soir et la nuit. Je n'étais pas indifférent à ses appels et de ce fait, on passait le plus clair de notre temps au lit ou sur la banquette arrière du break Heureusement, d'une ville à l'autre je pouvais parfois rouler en fin de journée, tandis qu'elle dormait la tête sur mes cuisses.

C'est ainsi que lorsque j'ai retrouvé Gary, j'étais crevé de cette première tournée.

Il me paya généreusement, remboursa les frais intégralement, puis me proposa une autre équipée pour la fin de la semaine suivante.

Normalement, il aurait dû faire lui-même le voyage, mais il attendait une réponse pour une autre importante affaire et puis il avait tout l'administratif à se taper, sa secrétaire y compris.

Le vendredi suivant, je repartais donc pour plus de trois semaines avec une autre cargaison de panonceaux.

J'avais près des deux tiers du pays à parcourir et plus de trois cents magasins en bijouterie fantaisie, colifichets et articles cadeaux divers, à visiter.

J'ai pris la route un matin, à l'aube et seul.

Trois jours après, je me trouvais à quelques centaines de kilomètres au sud.

Il faisait beau, et vers midi la température devait bien avoisiner les vingt-cinq degrés.

En une matinée, j'avais visité dans cette ville les quatre boutiques de ma liste et j'ai voulu m'octroyer un peu de détente.

Je mange rarement pendant la pause de midi, comme la plupart le font.

Je préfère, lorsque je suis en bonne compagnie - celle d'une femme bien sûr - que l'on en profite pour se prouver que l'on tient beaucoup l'un à l'autre, même l'un dans l'autre. Ainsi, mes hors-d'œuvre sont du genre mignardises buccales et tactiles, surprises du chef en plat principal et dessert style fondant aux vibrations corporelles.

Si, comme aujourd'hui, je suis seul, dans une région inconnue, je cherche un endroit tranquille qui me permet de rêver en paix tout en grignotant parfois un en-cas que je me suis préparé. Quoi qu'il en soit, depuis longtemps, je suis allergique à ces restaurants qui proposent un menu du type « plat du jour pas cher » - toujours trop pourtant -, ces pourvoyeurs de merde, où empestent les odeurs de frites qui trempent dans l'huile rance et du steak pas frais en train de brûler.

Entrez dans ces lieux et la puanteur vous colle après tout le reste de la journée. Comme ça, vous en avez pour votre argent. Pouah !... « Patronne, le café et l'addition pour la cinq !... »

Alors que j'entrais dans un de ces petits jardins de ville, calmes et propices à la détente, une voiture rouge du même modèle que celle de Vicky me dépassa.

Comme à chaque fois, mon cœur s'est mis à déraper, car j'ai cru que c'était elle : on lui avait dit où je devais être... elle m'avait retrouvé et elle était là, parce qu'elle n'en pouvait plus de ne plus me voir. Nous allions nous reprendre, tout recommencer et ce serait encore mieux qu'avant. Et puis je ferais attention, je serais prévenant et encore plus, et nous serons les plus heureux de la terre !...

Pauvre fou !... Toujours à m'imaginer des trucs impossibles.

Enfin, peut-être lui manquais-je à l'heure actuelle, mais pas au point de tout lâcher pour venir me retrouver à près de mille kilomètres...

Tout de même, si elle avait eu aussi mal que moi, elle les aurait sûrement fait ces kilomètres, comme j'étais prêt à les faire sous la pluie, dans la neige, le brouillard, la nuit et par tous les cyclones du monde... même à pied, si l'on m'avait donné l'assurance qu'elle veuille bien me voir. Tellement j'en pouvais plus d'être sans elle...

Je me suis calmé ma mélancolie, sur un banc au soleil.

Il y avait un gros écureuil (il y en a des "gros", comme il y a des "petits" éléphants) qui faisait des allées et venues laborieuses et chargées. Il bondissait tout feu tout poil roux, sur la pelouse verte et volait d'arbre en arbre pour enfouir son butin dans un de leur creux.

Il m'a distrait un long moment, mais lorsque je regardais le ciel, certains petits cumulus poussés par une légère brise devenaient des silhouettes animées de Vicky. Je les suivais du regard, jusqu'à ce qu'ils se dissolvent dans l'azur, comme si Vicky m'échappait encore.

Alors, j'ai attendu que le jogger essoufflé passe devant moi pour la cinquième fois, et je me suis tiré. D'autant que les mamans commençaient à débarquer avec leurs gosses criards faisant fuir mon écureuil qui aimait le calme autant que moi.

En fin d'après-midi, j'étais très exceptionnellement en forme. Allez donc savoir pourquoi ? Je n'avais pas envie de râler contre certains imbéciles en voiture, qui croient viril d'aller plus vite que les autres dans une surenchère mortelle. Non, pour une fois, je leur pardonnais, les laissant passer, indifférent.

Les sautes d'humeur ne sont pas toujours négatives !

C'était la fin de la semaine et j'arrivais à ma prochaine étape pour trois soirs.

Le lendemain c'était samedi. J'avais prévu d'attaquer la distribution de mes cartons par les établissements en périphérie de la ville, me réservant le centre pour après, ou lundi si je n'avais pas fini.

Une boutique que je devais approvisionner se trouvait en face de mon hôtel. Peu avant sept heures du soir, elle n'était pas fermée et à tout hasard, je traversai l'avenue et entrai.

Il n'y avait personne, et je fus surpris par le décor résolument moderne de ce magasin.

Les murs avaient été recouverts de plaques aluminium mat, ainsi que le plafond dans lequel étaient incrustés des spots halogènes qui diffusaient une lumière vive et uniforme. Le sol était d'un heureux mélange de marbre et lames de chêne blond.

Une musique en sourdine rendait l'endroit davantage irréel et inattendu dans cette bourgade, éloignée des modes du temps.

Assurément, le propriétaire avait voulu marquer de sa personnalité cet espace et je m'apprêtai à l'en féliciter sincèrement, lorsque j'entendis des cris qui provenaient de l'arrière-boutique.

Je prêtai plus attention et j'eus bientôt la certitude qu'un homme et une femme se disputaient assez violemment.

Après trois ou quatre minutes, je décidai de ressortir du magasin, ne voulant pas contrarier l'intimité des antagonistes.

J'avais le temps de faire leur connaissance plus tard.

Le lendemain matin avant de partir en périphérie, je retournais en face, cette fois avec mes cartons sous le bras.

En entrant, j'eus de nouveau un choc, non par la décoration que je connaissais, mais par l'apparence de la propriétaire des lieux et par l'accueil qu'elle me fit.

Le décor lui ressemblait : brune, superbe et charmante au point de lui acheter n'importe quoi pour ne pas la décevoir.

Son regard me fascina et je bégayai plutôt que je ne lui dis :

- Bon... bonjour ! Je vous apporte quelques displays, qui je l'espère s'harmoniseront avec ce décor... qui est... heu !... très design, très original, enfin pas ordinaire...

Je n'étais pas fier de mon entrée, et comme j'allais lui montrer mes panneaux, elle dit, lentement, après une pause où j'ai senti son regard me scruter, et d'une voix légèrement éraillée, remplie de sensualité :

- Je vous remercie... Mais pourriez-vous revenir... mettons en fin de journée, enfin dans la soirée ?... J'aurai plus de temps à vous accorder. Nous verrons ensemble où les placer.

Habituellement, pour répondre à ce genre de demande, je prétextais des rendez-vous dans d'autres villes et laissais sur place le matériel. Les commerçants se débrouillaient eux-mêmes : à leur gré, ils installaient ou n'installaient pas les panneaux, dès l'instant où ils avaient apposé leur signature attestant mon passage, j'avais rempli honnêtement le contrat.

En principe, je devais cependant, s'ils le désiraient, installer le matériel et leur donner quelques conseils pour l'agencement ; mais sur-le-champ, sans être obligé de revenir lorsqu'ils en auraient le temps.

Là, pourtant, je n'ai eu qu'une envie inconsciente que je ne m'expliquai pas sur le moment, et lui répondis :

- D'accord avec plaisir !...

Et ce n'était pas des mots en l'air. J'avais vraiment envie de lui faire plaisir.

Je rajoutai même sans savoir pourquoi :

- ... d'autant que je loge à l'hôtel en face.

Elle me fit un sourire et je m'éclipsai.

Dans la journée, j'ai souvent repensé à elle et notre rendez-vous.

Son visage aux traits réguliers et affirmés, son air décidé et d'autres aspects physiques de sa personne me troublaient. Je n'arrivais pas à l'imaginer se disputant avec un type. Ce n'était pas son style, autant que je pouvais en juger pour ne l'avoir vue qu'une minute derrière sa banque. Et le type, était-ce son mari, son amant ou autre chose ?...

D'abord qu'est-ce que ça pouvait me faire ? Je n'allais pas me mettre à jouer les Don Quichotte de toute façon !

La journée s'achevait quand je poussai la porte de la boutique avec une sensation où se mêlaient appréhension et exaltation.

Comme la veille, il n'y avait personne.

Etait-elle là, seule, avec le type d'hier, ou allais-je seulement rencontrer le type sans elle ?

J'eus bientôt une partie de la réponse en la voyant apparaître, - car il s'agissait bien d'une apparition dans le sens prodigieux de ce terme - emplissant de sa présence radieuse tout l'espace.

Elle portait un chemisier blanc au décolleté généreux qui laissait deviner à travers un feston de fine dentelle, une poitrine ferme et haute, au grain de peau satinée.

De ses hanches bien marquées, descendait, jusqu'au-dessus des genoux, une jupe droite noire. Des bas nylons extra-fins brun fumé avec couture, voilaient ses jambes qui se perdaient dans des escarpins noirs à talons hauts, laissant le cou-de-pied largement découvert.

Elle n'était pas très grande, mais elle me parut immense et mes yeux ne surent où se poser sur cette brune créature de laquelle émanaient autant de grâce et de sensualité.

Lorsqu'elle me vit, elle esquissa le même sourire que le matin et là, je ne sus que dire.

- Bonsoir..., je vous attendais, fit-elle alors.

Ses paroles coulèrent en moi comme du miel.

Je n'en revenais pas des trois mots qu'elle venait de dire. Pour un peu, je lui aurais demandé de me les répéter.

Elle m'attendait !?...

Moi oui, j'avais attendu pendant toute cette longue journée, mais, elle ?!... J'étais en train de rêver ou alors je me faisais un cinoche d'enfer.

Je me repris pour bafouiller :

- Euh !... bonsoir... et merci d'être là...

C'était tout ce que je trouvais d'original à lui dire, mais elle ne s'y trompa pas.

Elle vit mon trouble et tandis que j'approchais d'elle, mes cartons en avant comme pour faire écran à son charme qui m'affolait, elle se dirigea vers une table basse où elle s'assit.

Elle croisa les jambes, releva légèrement sa jupe, ce qui augmenta mon émoi en me révélant l'amorce des cuisses pleines, nerveuses et fermes, que je ne pouvais m'empêcher d'admirer.

Je plaçai mes imprimés sur la table à côté d'elle, puis répondant à son invitation je suis allé m'asseoir sur un siège bas tout proche.

- Et bien, voyons ce que nous allons faire de tout ça, ici, dit-elle sans conviction, appuyant son propos par un geste large qui désignait la pièce.

Je constatai vite qu'elle n'était pas spécialement passionnée par ce que je lui montrai, et sentais son regard m'examiner, me jauger presque...

Je laissais faire et enchaînai :

- Il s'agit d'accorder un ou plusieurs de ces mobiles avec la décoration... euh !... L'esthétisme et l'originalité de style de votre boutique me plaisent beaucoup... lui dis-je alors, en toute sincérité.

Je n'avais pas envie de lui mentir, ni de lui raconter des fadaises. Elle me semblait au-dessus de tout ça et j'avais bien conscience que ces cartons imprimés auraient du mal à s'intégrer dans ce décor sobre.

Mon compliment, pour réel qu'il était, ne s'en trouvait alors pas moins être une sorte d'excuse. Pourtant, je ne m'attendais pas à sa réaction.

- Vraiment ?... fit-elle, en se levant.

Elle fit deux pas en arrière.

L'angle sous laquelle je la voyais, la rendait majestueuse et je ne pouvais que la contempler. Mieux, je la désirais.

Ce devait être ce qu'elle attendait, car dans une pose à la fois offerte et de défi, les yeux pleins de malice, elle reprit :

- Et ainsi, que pensez-vous de l'ensemble femme-décor ?...

En guise de réponse, j'avalai ma salive et j'esquissai un sourire qui valait plus que des mots.

Je crus, sans aucun doute, qu'à cet instant nos pensées furent identiques, et mon émotion sans disparaître entièrement, fit place à une attente palpitante. Attente qui ne fut pas longue, car décidément je devais aller de surprise en surprise.

Elle se rapprocha, et debout devant moi, me dominant, elle vint emprisonner mon genou gauche entre ses jambes, puis posa ses deux mains sur mes épaules.

À hauteur de mes yeux, le tissu de sa jupe étroite était tendu au maximum, épousant ses formes.

J'osai alors poser mes mains sur ses hanches et relevai la tête pour surprendre son visage.

Les yeux mi-clos, la bouche entrouverte, elle s'offrait.

Je n'avais plus à hésiter. Je glissai alors une main dans la fente de sa jupe, et remontai le long du fin nylon jusqu'à caresser la chair en haut de sa jambe.

Ma main passa ensuite sous le porte-jarretelles, et je fis glisser mon pouce vers son entrecuisse. Je touchai le doux renflement velouté de son sexe à travers le fin tissu soyeux qui le protégeait.

De l'autre main, m'agrippant à ses fesses fermes et rondes, je l'attirai contre moi. Elle imprima bientôt à ses hanches un mouvement régulier, souple et lent vers l'avant, puis vers l'arrière, tandis que mes doigts fourrageaient dans les poils souples et frisés de sa toison, et que d'une caresse plus précise, je touchai ses petites lèvres déjà humides.

Elle eut un faible gémissement lorsque je caressai et pinçai délicatement son bourgeon clitoridien.

À ce moment, elle se baissa et murmura à mon oreille d'une voix enrouée :

- Attends !...

Elle s'échappa de mes mains et se dirigea vers un coffret mural pour actionner la fermeture du rideau métallique ajouré, puis éteignit les lumières dans la boutique. Seule la faible lueur clignotante bleue de l'enseigne extérieure accrochait en alternance des reflets teintés sur les murs métalliques de la pièce.

Elle revint lentement vers moi qui n'avais pas bougé, et me prit la main.

Je me levai et nous nous enlaçâmes en nous embrassant à pleine bouche. Nos deux langues amortirent le choc des dents et explorèrent nos palais un long moment.

Je déboutonnai son chemisier et fis apparaître deux seins plantés hauts, ronds et fermes, aux pointes dures. Tandis qu'elle me caressait la nuque, j'embrassai sa poitrine, m'attardant sur le bout des seins que je gobai et suçai.

Après que je lui eus relevé sa jupe en haut des cuisses et tandis que je faisais descendre sa petite culotte, elle l'ôta d'un mouvement souple des jambes, puis arracha ma chemise en la déchirant presque.

Comme elle s'attaquait fébrilement à l'ouverture de mon jeans après en avoir défait la ceinture, elle nous jeta sur une espèce de sofa près de nous.

Je retirai bientôt ma main, qui dans un mouvement de va-et-vient avait envahi son intimité et, furieusement, n'y tenant plus de désir, plantais ma lance en feu à l'intérieur de son sexe mouillé qui m'aspira. Elle eut un cri rauque, et d'une ruade, projeta le bas de son corps vers le haut de mon ventre pour me faire pénétrer au plus profond d'elle. Puis, elle referma ses deux jambes sur mes épaules, tandis que j'étreignais de toutes mes forces le bas de son dos, plongeant une main dans la raie de ses fesses pour mieux les étreindre et les écarter.

Après un long et délicieux moment, nous en arrivâmes à l'extrême du bien-être dans un même soubresaut de jouissance.

Il ne faudrait tout de même pas croire que je suis prêt à copuler avec n'importe qui... Que je me rue vers n'importe quelle fente entourée de poils et que je me promène la bite en avant, prêt à tout pour assouvir mes désirs !...

Je suis positivement le contraire de tout ça. Mes rapports sexuels avec les femmes, - je n'en ai jamais eus qu'avec elles, n'ayant pas eu envie d'essayer avec les humains du sexe masculin -, passent obligatoirement et fort heureusement par une ou plusieurs phases cérébrales essentielles, laissant une large place aux sentiments qui seuls permettent de mettre en œuvre les attributs physiques proprement dits. Et s'il m'est arrivé d'avoir des contacts éphémères - jamais tarifés -, ils comportaient toujours une phase affective et la recherche d'un plaisir partagé. Aimant choisir la partenaire qui me plaît, je tiens également à ce que ma partenaire m'adopte comme amant, c'est dire que je ne conçois pas qu'il y ait la moindre contrainte ou quelque obligation de toute nature. Où serait alors l'attrait de la relation amoureuse ?

C'est à peu près ce discours que je tenais à ma nouvelle partenaire, moins d'une heure après nos étreintes, devant un copieux plateau de fruits de mer dans un restaurant qui donnait sur la baie.

Elle approuvait d'autant plus, qu'elle avait conscience, sans toutefois m'avoir obligé, d'avoir mené le jeu au début. Mais ni elle, ni moi, ne le regrettions. Je pensais même que nous aurions dû prolonger cet échange, et pour ma part j'étais prêt à remettre le couvert dès qu'elle le souhaiterait. Tout en elle était d'une sensualité troublante qui me tapait sur le psychisme et transformait mes pensées en fantasmes à la fois tendres et orgiaques.

À la fin du repas, ce fut elle qui proposa que nous poursuivions notre odyssée amoureuse chez elle.

Elle pensa qu'il serait préférable que je récupère mes bagages à l'hôtel, car demain dimanche, dit-elle "nous pourrions prendre tout notre temps".

Après cette formalité, qui ne manqua pas d'étonner le veilleur de nuit, je suivais sa petite voiture pendant quelques kilomètres à l'intérieur des terres. La route en lacets me parut longue, impatient que j'étais de la sentir de nouveau près de moi. A la sortie d'un virage, elle prit un petit chemin au bout duquel, un bon kilomètre après, j'aperçus la maison. Elle était bâtie à l'extrémité d'un éperon rocheux qui dominait les collines et permettait de voir, loin à l'horizon, scintiller l'océan sous les reflets blanchâtres de morceaux de lune grimpée sur les nuages.

Alors que je lui disais combien je trouvais l'endroit merveilleux, bien que désertique, elle fit une réflexion, comme si elle se parlait à elle-même, et que je ne compris pas tout de suite :

- Oui, nous étions pour une fois d'accord..., et venir habiter ici fut peut-être la seule décision prise en commun à cette époque… Mais il y a déjà deux ans de ça et depuis...

Elle s'interrompit et je n'en sus pas plus. J'ai fait taire ma curiosité afin de ne pas troubler les instants que nous avions à passer ensemble en posant des questions sans réelle importance dans notre relation, et dont les réponses pouvaient même lui être désagréables à évoquer.

D'ailleurs, un instant plus tard, je ne pus bientôt plus parler. A peine avions-nous refermé la porte de l'entrée, sa bouche se plaquait sur la mienne, prélude chaste à une prochaine frénésie que, je le pressentais, nous n'allions bientôt plus contrôler.

Et ce fut au sens littéral du terme, - exaltation violente qui met hors de soi, ardeur extrême - une véritable frénésie sexuelle.

Tout d'abord, elle ôta elle-même ses vêtements, mais pour ne pas paraître intégralement nue, elle garda ses bas et son porte-jarretelles noir qui soulignaient la rotondité de ses fesses et la nervosité de ses cuisses. Armure guerrière que je me proposais de lui retirer plus tard, mais qui pour l'instant intensifiait, s'il en était besoin, mon éréthisme, sans gêner toutes les caresses, attouchements ou autres baisers et intromissions que je désirais ardemment lui prodiguer.

Ainsi, je commençais à l'embrasser dans le cou et ma bouche descendit sucer ses seins, engloutissant leurs aréoles brunes aux pointes dures. Mes mains, en avant-garde, plus bas, caressaient son ventre et ses fesses. J'avais sa toison brune et bouclée sous mes doigts et lorsque j'introduisis mon index à l'orée de ses petites lèvres mouillées, elle soupira d'aise. Je titillais alors son clitoris, le pinçant, le faisant rouler, l'excitant jusqu'à ce qu'il devienne de plus en plus ferme. Bientôt, je me baissai, le pris entre mes dents, et fourrai ma langue dans son sexe trempé d'un jus aux senteurs poivrées et au goût de noisette. Tandis que je savourais ce fruit, j'introduisis un doigt dans son orifice arrière. Alors, elle se mit à gémir du plaisir de toute cette possession.

Pendant que je l'explorais ainsi, elle ne restait pas inactive. Après m'avoir dépouillé de tous mes vêtements, elle avait pris mon sexe entre ses mains et le massait vigoureusement jusqu'à le tendre au maximum et que des gouttes de liqueur perlent à son extrémité. Elle se mit à lécher ce liquide, puis absorba mon membre par succions saccadées tandis qu'elle caressait mes bourses gonflées de désir. Sa langue allait et venait, de l'extrémité de mon gland à la naissance du pubis, et sa bouche emprisonnait parfois totalement mon membre, l'aspirant goulûment.

À ce rythme-là, je fus bientôt au bord de la jouissance et je m'activai de la langue et du doigt, afin qu'elle atteigne également un maximum de plaisir. Soudain, ne pouvant plus me retenir, ma liqueur jaillit dans sa bouche, tandis que j'absorbai le suc qui coulait de sa fente. Elle était trempée de bien-être dans tout son entrecuisse, jusqu'à son trou arrière que je n'arrêtais pas de trifouiller d'un doigt subreptice, alors que nous nous engloutissions dans un maelström de volupté.

Nous avions très vite senti que nos pulsions à l'identique pouvaient nous emmener vers d'autres rivages érotiques. Cette fusion parfaite et nos orgasmes simultanés, nous incitèrent tout naturellement à rechercher dans de nouveaux ébats d'autres plaisirs extrêmes.

Un moment, comme nous reprenions souffle, elle dit, posant sa tête sur mon ventre :

- J'ignore encore ton nom, pourtant je te connais déjà si bien.

Cette constatation me laissa songeur. Effectivement, nous nous étions rencontrés il y avait quelques heures et avions physiquement fait l'amour plusieurs fois sans savoir même nos prénoms. Nous n'avions pas eu besoin de présentations. Preuve, s'il en est besoin, que ce sont là pures conventions. Dans la société, il faut se nommer pour exister, mais bizarrement pas pour s'aimer. Nos corps et esprits s'étaient connus, reconnus même, et c'était bien là l'essentiel qui avait permis notre communion charnelle et spirituelle. Que pouvait changer à notre relation le fait d'avoir tel ou tel nom ou prénom ?

Cependant, je lui dis :

- Jorje !... Je m'appelle Jorje, rajoutant :

- Avec deux "j" comme...

- Jorje... avec deux "j"... comme joie et jouir ! fit-elle, riant. Puis, plus posément, elle reprit :

- Moi, c'est Cynthia, mais quel intérêt ?!... Je suis sotte de vouloir nous nommer... Cette nuit, pour moi Tu Es, et Je Suis pour Toi !... Rien d'autre ne doit avoir d'importance en ces instants...

Malgré tout le contentement que j'eus à écouter ces propos, je décelai, derrière cette reconnaissance amoureuse qui, certes me comblait, l'expression d'une nostalgie, d'une indicible lassitude face au quotidien...Ainsi qu'elle le désirait, je souhaitais ne plus penser qu'à nous et vivre pleinement ce présent. Je l'embrassai, puis entourant ses hanches saillantes et pleines, caressai sa peau qui irradiait de sensualité. Bientôt, elle prit l'initiative de nos ébats, et me tourna le dos pour s'asseoir à califourchon sur moi. Elle se baissa et emprisonna mon sexe pour le presser entre ses seins. J'avais alors ses fesses rebondies devant mon visage. Après avoir palpé ces rondeurs charnues, je les écartais, afin de mieux voir la raie sombre aux poils courts frisottants, et reluquer son petit trou noir. J'attirai ces deux globes plus près de ma bouche et introduisis ma langue dans son cratère velouté au goût sauvage, tandis que, les mains en coquille sur sa toison humide, mes deux pouces taraudaient sa vulve. Je sentais sous les pressions successives de ma langue, son muscle annulaire se distendre, prêt à accueillir une autre partie de moi, plus ferme et plus pénétrante. Je me mis alors à genoux derrière elle et collai mon cylindre brûlant et turgescent entre ses fesses. Ensuite, je l'introduisis dans son sexe ruisselant de liqueur, puis le retirant vite, je l'enfournai aisément dans son autre accès. Alors que je lui broyai les hanches et pénétrai plus profondément en elle, elle gémit dans un spasme de jouissance.

Une grande partie de la nuit nous puisèrent encore des délices de nos corps. Le ciel commençait à pâlir, quand enfin nous nous sommes endormis, épuisés et ravis de toutes ces félicités que chacun avait données à l'autre sans retenue.

Au petit matin, alors qu'elle dormait, je contemplais son corps. La lueur de l'aube faisait ressortir ses formes arrondies, soulignant le creux d'ombre au-dessus des fesses d'où s'échappait la cambrure des hanches en une courbe harmonieuse qui jaillissait près du sein. Je n'osais l'effleurer de crainte de la réveiller. Mais ce fut elle qui prit ma main et la mit sur son ventre, près de son pubis. Elle grogna de désir quand je la caressais de nouveau, et se couchant sur le ventre, elle leva haut son derrière et ses cuisses, désirant que je la chevauche une fois encore.

Cynthia était mariée depuis trois ans. Elle le regrettait depuis ce temps, ou presque. Elle s'était vite rendu compte que Charles, son mari, n'était pas celui qu'elle avait supposé et qu'il ne la rendrait pas heureuse. Mais elle avait persévéré dans l'espoir d'un changement, d'une amélioration de leurs relations. Il existe beaucoup de guérisons qui s'effectuent sans traitement.

Avant leur mariage, un habile comportement d'homme d'affaires, toujours à droite ou à gauche, mais jamais là où on le croit être, avait permis à Charles de dissimuler soigneusement ses deux passions : le jeu et l'alcool. Pour lui, l'un n'allait pas sans l'autre : il buvait en jouant et jouait encore plus quand il avait bu.

Son entreprise de mécanique de précision, héritage d'un père laborieux, fonctionnait sans lui. Il avait placé à la direction technique un ingénieur qualifié qui assurait la production et, le cas échéant, avait la faculté d'innover dans les procédés.

Ainsi, Charles avait tout loisir de fréquenter les casinos et autres salles de jeux du pays, dépensant la plupart de ses revenus à jouer et boire.

Quelques mois après l'acquisition de leur maison, des créanciers menaçaient de la faire vendre à cause d'une dette de jeu qu'il ne pouvait honorer à la date et garantie par hypothèque sur sa part à lui. Leur régime matrimonial permit qu'elle se portât acquéreur au premier rang, ce qu'elle fit pour sauver la situation. Mais plutôt que de lui en être reconnaissant, il se sentit alors dépossédé par elle et lui en voulu. Faites du bien à un vilain il vous chie dans la main !

Leur union, qui n'avait été jusqu'alors qu'un compromis sans passion, devint bientôt un cauchemar.

Depuis plus d'un an, elle avait entamé une procédure de divorce. Mais, bien que tout soit définitivement terminé entre eux, il s'entêtait à faire opposition à sa demande, et de ce fait l'action de justice traînait encore plus que de coutume. Cela ne l'aurait pas trop contrariée, s'il ne la harcelait constamment afin d'essayer, malhabilement et parfois violemment, de renouer avec elle. Souvent, comme cela s'était d'ailleurs produit la veille, il venait la menacer d'un scandale dans la boutique si elle maintenait sa décision de divorcer.

Ainsi, elle vivait dans la crainte permanente qu'un jour il se montre encore plus violent, et avait hâte qu'un jugement de divorce, même s'il ne réglerait pas tout, officialise leur rupture et lui rende sa totale liberté.

Elle me confia que j'étais la première personne à qui elle confiait ses déboires, et aussi qu'elle n'avait jamais ressenti, comme aujourd'hui, le bien-être d'une relation amoureuse. Ce n'était plus la femme presque hautaine que j'avais aperçue le matin dans sa boutique, mais une créature douce et sensible qui avait besoin de protection, tendresse et amour. Sa vraie nature m'apparaissait ainsi et je comprenais mieux l'élan qui l'avait fait se donner si spontanément et si entièrement. Elle avait un besoin latent, et avait pensé que j'étais en mesure de le satisfaire. Car, m'expliqua-t-elle, elle s'était préparée à notre rencontre pendant la journée. Lors de notre courte entrevue matinale, je lui avais plu et elle n'avait pas hésité lorsque j'étais revenu le soir à la boutique.

Je n'en tirais aucune fierté, ni de satisfaction d'orgueil. D'une certaine manière, j'avais eu la bonne fortune d'avoir été là au bon moment. Par contre, j'étais heureux de ne pas l'avoir déçue et plus encore qu'elle m'accordât maintenant sa confiance. Naufragé d'un amour qui me déchirait, je réalisais ce que pouvait ressentir un être privé d'amour et frustré dans ses désirs de vie.

Mais si je la comprenais et compatissais, je me gardais, par honnêteté, de lui donner de faux espoirs et m'en tenais à l'écouter. D'ailleurs, avec la tendresse, c'était tout ce qu'elle souhaitait en la circonstance. Nous étions bien ensemble et le soir nous surprit rapidement, tant en novembre les journées sont courtes. Notre deuxième nuit, si elle fut moins agitée que la précédente, fut tout aussi riche en émois érotiques, avec, de surcroît, une tendre complicité qui naissait entre nous.

Le lendemain matin, je ne pus me résoudre à la quitter rapidement. C'était lundi et elle n'avait pas à se rendre à la boutique. Je décidai de passer une nouvelle journée avec elle. J'avais presque achevé la tournée avec mes cartons et le reste attendrait. Lorsque je lui fis part de cette intention, elle fut étonnée et ravie à la fois, puis me remercia d'un tendre baiser.

Le soleil et le ciel bleu nous invitaient à une balade.

Comme nous sortions paisiblement de la maison, une voiture arriva et stoppa devant nous. Cynthia ne broncha pas, mais je la vis pâlir en apercevant le véhicule. Un homme d'une cinquantaine d'années, le cheveu rare, le visage chafouin et les gestes courts, en descendit. Il se dirigea rapidement vers elle, m'ignorant, et sans préambule, lança ou plutôt aboya tel un roquet :

- Tu pars ou tu arrives ?...

Elle ne répondit pas. Ayant fermé la porte d'entrée, elle descendit les trois marches du perron, et passa devant lui, l'air hautain.

Alors, il reprit sur un ton coléreux :

- Je t'ai posé une question !...

Sans le regarder, elle dit fermement :

- Je pars, tu le vois bien !...

- Je veux que nous parlions de...

Elle ne lui laissa pas finir sa phrase, et se dirigea vers sa voiture, où elle m'invita à prendre place à côté d'elle. Puis, elle reprit à l'intention de l'autre qui la regardait méchamment :

- Je n'ai pas le temps, ni l'envie de te parler Charles !... C'est fini, tu le sais !... Les seules et uniques relations que nous sommes censés avoir, le sont par l'intermédiaire de nos avocats !... Maintenant, sors d'ici, c'est une propriété privée !...

- Salope !... Tu fais l'intéressante parce que tu es avec un gigolo ! Mais vous me faites pas peur tous les deux ! fit-il, nous regardant, le poing levé menaçant.

Elle ne l'écoutait plus et mettait le moteur en marche, quand il se rua pour ouvrir la portière de son côté. Elle passa rapidement en première et démarra sous son nez. Il n'eut que le temps de faire un pas de côté afin d'éviter que la roue arrière lui écrase le pied. On l'entendit gueuler :

- Allez vous faire foutre !...

Me retournant, je le vis, à travers un nuage de poussière, exprimer sa colère et son dépit, dans un geste obscène.

Cynthia me dit calmement et ironiquement :

- C'était Charles !...

Je voyais bien que cette scène l'avait ennuyée, mais qu'aurais-je pu faire ? Je ne m'étais pas senti autorisé à essayer de le raisonner et quand bien même je l'aurais fait, ceci eut été l'amorce d'un entretien stérile.

Cogner sur cet imbécile, ne serait-ce que pour lui apprendre la politesse m'avait bien tenté, mais aurait certainement aggravé la situation. Aussi, avais-je laissé faire et elle s'en était très bien tirée, gardant son calme et sa dignité.

Son Charles était un triste personnage pour le peu que j'en avais vu.

Je me demandais ce qu'elle avait pu lui trouver trois ans en arrière. Peut-être qu'à cette époque elle avait eu un coup de déprime et s'était laissé embringuer par le premier venu ! Modestement, je me mis à penser que cette fois-là, elle n'avait pas décroché le gros lot.

Nous n'avons plus parlé de cet incident de toute la journée. D'ailleurs, nous ne parlions presque pas, les mots n'étant pas nécessaires à notre bien-être.

Nous nous étions mis hors du temps, spectateurs du monde qui s'agitait autour de nous et acteurs de notre attirance aussi récente que précaire.

Nous marchions côte à côte, main dans la main ou étroitement enlacés. Progressivement, je m'habituais à sa présence, à son odeur, à la chaleur de sa main dans la mienne, à son rire. Ses étonnements me ravissaient et j'étais prêt à lui faire découvrir la terre entière pour voir dans ses yeux cette flamme qu'ils allumaient.

Soudainement, je réalisai que j'étais sur le point d'en être réellement amoureux et je pris peur. Je n'avais pas l'intention de remplacer Vicky. D'ailleurs, personne ne pouvait la remplacer. De toute manière, Vicky et moi, ce n'était pas une histoire terminée.

Et mes pensées repartaient vers Vicky. J'irai la voir dès mon retour : mon purgatoire avait assez duré.

J'en étais là de mes réflexions, lorsque Cynthia suggéra de retourner chez elle, après cette promenade au bord de l'océan. J'acquiesçai et je discernai dans le sourire qui accompagnait sa suggestion, plein de promesses et d'envie.

Nous avons repris la route en compagnie du grand orchestre de *Duke Ellington* qui vibrait en stéréo dans la voiture. Tandis qu'elle conduisait, je lui ai fait quelques agaceries, histoire de nous faire patienter et parce que ça me plaisait de la caresser. J'allais même un peu loin dans mes attouchements, puisque à peine arrivés, nous étions dans un tel état d'excitation, que nous nous sommes écroulés dans une étreinte farouche sur le sol du salon, embrasé de flammes rouges et or d'un étincelant soleil couchant.

Notre troisième nuit fut à l'identique des autres. Pleine de passion, avec de surcroît des moments d'ardeur extrême, car nous sentions confusément, qu'elle serait peut-être la dernière, et au mieux qu'il n'y en aurait pas d'autres avant un temps indéterminé.

Le matin nous trouva défaits, sans envie, sauf celle de rester couchés. Ce fut elle qui revint la première à la réalité. J'essayai bien par quelques caresses mais sans grande conviction, de la retenir de se lever, puis n'y parvenant pas, je me décidai à la suivre dans la salle de bains.

Tandis que j'ouvrais avec difficulté les deux yeux à la fois, et qu'elle s'aspergeait copieusement sous la douche, elle demanda tout à trac :

- Je te reverrais ?...

Ces trois mots achevèrent de me réveiller. Ils posaient la question que nous n'avions pas encore abordée ces jours : notre continuité. Devrait-il y en avoir une et si oui, sous quelle forme ? Ou devrions-nous nous contenter de ce cadeau de la vie, qu'avait été notre rencontre ? N'en garder que le souvenir d'un présent, pleinement vécu. Si aucun des deux n'en avait exprimé le souhait, nous nous serions peut-être dit au revoir, laissant au destin le soin de prolonger ou d'arrêter notre liaison. Cependant, n'y avait-il pas une forme de réponse espérée dans sa question ? Si elle n'avait pas eu l'intention de me revoir, me l'aurait-elle seulement posée ?... J'avais appris que souvent les souhaits sont exprimés par des questions.

Je n'avais pas de réponse satisfaisante à lui donner. Je ne voulais pas m'engager, ni lui faire de fausses promesses. Je ne pouvais pas brusquement lui dire "non". Ce n'était pas le reflet de la vérité car je ne savais pas ce qui pourrait se passer dans l'avenir, et de plus, elle ne méritait pas cette négation blessante. Aussi, je m'en sortais par un biais :

- Je pense... oui, si tu le souhaites aussi !...

Il faut croire que ma réponse lui donna satisfaction, car elle demanda alors :

- Quand ?...

Là, par contre, ce que je craignais, menaçait d'arriver. Nous n'allions tout de même pas sortir nos agendas et prendre rendez-vous comme si nous traitions une affaire... Et, si nous devions nous revoir, je n'avais nullement envie de convenir d'une date précise. Ce n'était pas un business. Notre relation avait commencé sous le signe du hasard et, sans nous en remettre entièrement à lui aujourd'hui, je devais replacer dans ce contexte son éventuelle continuité.

- Lorsque nous en aurons fortement envie tous les deux, répliquai-je alors.

Ma réplique, tout imprécise qu'elle était, dut lui convenir, car elle ne me fit plus de réflexion à ce sujet.

Lorsqu'elle sortit de la douche, elle vint vers moi et m'embrassa amoureusement.

Nous avions décidé de faire route ensemble jusqu'à la ville, et revenir ainsi à notre point de départ de l'autre soir, avant de nous quitter.

Tandis qu'elle mettait une dernière touche à son maquillage, j'ouvrai la porte d'entrée afin de prendre la température extérieure.

Peu avant, par la baie vitrée du salon, j'avais repéré, à la courbure des arbustes et des branches d'arbres, qu'un vent du sud soufflait méchamment.

Effectivement, il m'accueillit par une violente rafale.

Mais ce que je n'avais pas prévu était aussi derrière la porte, et me tomba brutalement dessus.

J'eus le temps de reconnaître Charles, mais pas celui de m'étonner longtemps.

Ce que Cynthia avait oublié de me dire à son sujet, était qu'il pratiquait le base-ball ou du moins qu'il possédait une partie de l'équipement de ce jeu : la batte. Sa règle principale à lui devait être de cogner. Pas forcément dans une balle.

Non, ce fut sur ma tête. Et en prime, avec une grimace simiesque qui le rendait encore plus affreux que la veille.

Enfin, je ne le vis pas longtemps, car ne pouvant esquiver le deuxième coup de batte qu'il m'asséna en pleine figure, j'ai senti peu après mon corps s'aplatir comme une crêpe mal retournée, sur le marbre du hall d'entrée.

Lorsque je me suis réveillé, un avion n'arrêtait pas de franchir le mur du son et toutes les trois secondes son double bang résonnait dans ma tête. Progressivement, il s'éloigna. Je ne sentis plus alors que les mâchoires de l'étau, qu'un imbécile avait serrées, emprisonnant mon crâne pour mieux le travailler à la lime.

J'essayai d'ouvrir les yeux et j'eus l'impression qu'il faisait nuit. Je passai la langue sur mes lèvres qui me semblèrent avoir triplé de volume. Un goût amer m'emplit la bouche. Quand je voulus bouger, je me rendis compte que mes mains et mes pieds étaient ficelés au tuyau de chauffage et que j'étais allongé parallèlement à ce conduit.

Peu à peu, je refaisais surface et prenais mes repères.

J'étais dans le hall d'entrée et je ne m'étais pas trompé : il faisait presque nuit dehors et la maison était plongée dans une totale obscurité. Seul un rai de lumière orangé brillait en provenance de la chambre à Cynthia.

Cynthia..., son nom me vint à l'esprit et fut révélateur.

Tout se remettait en place.

Malgré les marteaux qui persistaient à me percuter la tête, je revoyais son joueur de base-ball de mari. Ce salaud s'était acharné sur ma face et en attendant de statuer sur mon sort, il m'avait attaché pour agir à sa guise. Il avait dû le faire dans la précipitation, car mes liens n'étaient ni très serrés, ni très solides. Je n'eus pas beaucoup de mal à m'en défaire ; mais essayant de me relever, une première fois, les murs se sont dérobés. J'ai attendu quelques instants pendant lesquels j'entendais, venant de la chambre, un halètement rauque, entrecoupé de grognements et de soupirs.

Je me suis approché lentement de la pièce. Dans la pénombre, contre le chambranle de la porte, je découvris que le joueur avait laissé son instrument favori avec lequel il tapait si bien. A tout hasard, je m'en emparai. Si je le rencontrais, j'étais bien décidé à lui en faire tâter sans lui demander son avis, comme il avait cru bon de le faire avec moi sans m'en parler auparavant. Mais, va savoir ce qui peut se passer dans la tête d'un autre, alors qu'il est souvent difficile de maîtriser ses propres pulsions.

J'entrouvris la porte de la chambre et ce que je vis me cloua de stupeur et me glaça d'horreur.

Cynthia gisait apparemment inconsciente, à plat ventre sur le lit, la tête tournée dans ma direction. Sa lèvre inférieure pendait, entrouvrant sa bouche tuméfiée. Ses yeux étaient vitreux, sans expression. Ses vêtements qui avaient été arrachés laissaient nu le bas de son corps.

Mais le plus horrible qui m'était infligé à la vue, était le visage crispé et tordu par une grimace diabolique de l'énergumène derrière elle, qui la sodomisait en haletant, les mains cramponnées à ses hanches inertes.

C'est à peine si je reconnus le personnage. Pourtant, c'était bien Charles, ce masque grimaçant et qui devint de terreur, lorsqu'il me vit, se retournant, surpris en pleine jouissance méphistophélique.

L'horreur que j'éprouvai à cette découverte, fit rapidement place à de la fureur. Sans lui donner le temps de reprendre son souffle, je lui flanquai de toutes mes forces un coup de batte dans la figure ce qui le désarçonna de sa victime et le fit rouler sur le sol. Il avait son compte, mais pas moi. Je m'acharnais sur lui avec furie, ivre de colère. Je frappais si fort avec la batte qu'elle rebondissait sur sa tête, et m'aidait à prendre de l'élan pour le choc suivant. A ce rythme-là, et bien que certainement je l'eusse achevé dès le troisième ou quatrième coup, je continuais de cogner rageusement, jusqu'à le réduire en bouillie, si j'avais pu. Quand, en sueur et à bout de force, enfin je me calmai, je sus alors qu'il ne bougerait plus jamais.

Tant de haine était en moi que j'ai été satisfait de cette constatation.

Je n'avais pas l'impression d'avoir tué un homme. Il me semblait au contraire que je venais d'accomplir une œuvre de salubrité, en débarrassant l'univers d'un monstre.

Je l'enjambais avec mépris et m'approchais du lit, vers Cynthia immobile.

Avec précaution, je la mis sur le dos. Mais, mon espoir qu'elle soit seulement inconsciente s'envola, car je constatai rapidement, hélas, qu'elle ne respirait plus. Ses yeux grands ouverts regardaient l'infini dans lequel elle se trouvait maintenant. Je ne pouvais plus rien pour elle.

Ce salopard l'avait travaillée à sa façon une bonne partie de la journée et son décès devait remonter à quelques heures.

Que s'était-il passé entre eux, pendant tout ce temps qu'avait duré ma mise hors circuit ? Personne ne le saurait jamais, mais quelle importance cela avait maintenant ? Le lamentable résultat était devant moi.

J'étais vidé et j'aurais voulu pleurer. Ma tête allait exploser. M'essuyant le visage, je vis des traces de sang sur le revers de ma main.

Comme un automate, j'allais dans la salle de bains pour découvrir dans la glace ma lèvre supérieure fendue, qui saignait. J'avais aussi une ecchymose noire, qui partait de l'oreille gauche jusqu'au menton. Dans l'armoire de toilette, je trouvais un tube de comprimés contre le mal de tête, les règles douloureuses, les indigestions et d'autres maux... enfin, le remède universel. J'en avalai six, avec un verre d'eau et revins dans la chambre. La vue des deux corps sans vie me ramena à la funeste réalité.

J'étais partagé entre deux intentions : soit j'appelai la police et leur expliquai ce qui s'était passé, soit je me tirai au plus vite de ce bourbier.

Après réflexion, je me dis que je n'avais pas envie de raconter cette écœurante histoire à qui que ce soit, et encore moins dans les détails aux flics. En plus, il me semblait difficile, sinon impossible, de les persuader de ma totale innocence dans toute cette affaire. J'inclinais plutôt à penser qu'ils me colleraient tout sur le dos et que pour eux, je ne serais jamais que le méchant de passage, qui avait refroidi le gentil couple pendant leur devoir conjugal !...

J'optais donc pour la deuxième alternative.

La maison était isolée et personne n'avait été témoin du drame qui s'était joué à l'intérieur.

Fuir me semblait la meilleure solution. Mais je devais auparavant effacer mes empreintes. Un jour prochain les corps seraient découverts et il y aurait enquête poussée sur ce qui passerait alors pour un double crime.

J'en étais là de mes réflexions, quand mon pied droit heurta un récipient métallique au pied du lit. C'était un jerrycan. Je l'ouvris, et m'aperçus ou plutôt sentis, qu'il était rempli d'essence. Charles avait pensé à tout. Une trouille rétrospective me prit. J'avais à n'en pas douter, failli disparaître en fumée avec Cynthia, grâce aux bons soins de cet assassin, si je ne m'étais réveillé avant qu'il n'ait terminé son ignoble besogne de sadique avec elle.

Puisqu'il avait amené le carburant, je n'avais plus qu'à chercher les allumettes.

Bien qu'il me répugnât, ce moyen de sépulture me semblait, pour Cynthia, la meilleure façon de mettre un terme à sa tragique fin.

Pour lui, c'était presque trop beau. J'aurais eu le choix, j'aurais volontiers donné cette ordure à bouffer aux cochons en priant pour que ces derniers n'en crèvent pas !

Je répandis l'essence un peu partout dans la maison. J'en fis de même à l'extérieur, sur les parties boisées à hauteur d'homme. Au passage, j'arrosai les deux voitures et les quelques rares buissons alentour. Le vent du sud soufflait toujours et tout était sec à craquer.

Dans quelques minutes, il allait faire bigrement chaud sur le piton rocheux. Je n'ai pas attendu ce moment et, sitôt que le feu s'est mis à gronder, que les flammes léchaient la maison jusqu'au toit, je fonçai dans ma voiture.

Deux minutes plus tard, je me suis retrouvé sur la grande route d'où l'on ne pouvait pas même distinguer les lueurs de l'incendie.

J'ai roulé à vive allure pendant une centaine de kilomètres, désireux de mettre le plus rapidement possible de distance avec ce cauchemar que je venais de vivre. *Artie Shaw* interprétait à la radio *"I can't get started with you"*, un de mes airs favoris et c'était de circonstance...

Les chiffres verts de la montre de bord indiquaient sept heures quarante-sept.

Ma tête qui me faisait toujours aussi mal, ainsi qu'une vive douleur à la mâchoire commençaient à m'inquiéter.

A la prochaine ville, avec un peu de chance, je pensais trouver une pharmacie encore ouverte. Je parcourus les quelques kilomètres qui m'en séparaient, puis m'engageai en direction du centre.

Je ne tardais pas à distinguer, parmi un enchevêtrement d'enseignes toutes plus impérieuses les unes des autres, le clignotement apeuré et verdâtre d'une croix verte. Le pharmacien était encore là.

Devant mon allure déplorable, il fit grise mine, et ne manqua de me demander, d'abord d'un ton soupçonneux, comment j'avais pu me mettre la tête dans cet état.

Tandis qu'il m'examinait et découvrait d'autres hématomes sur mon crâne, je lui racontais une petite histoire d'agression fictive que j'avais eu le temps de mettre au point en chemin, et dont, bien sûr, j'étais la pitoyable victime.

Apparemment rassuré par mon récit, et ayant fini son inspection, il déclara :

- Je peux vous désinfecter cette plaie ouverte à la bouche. Pour le reste, je vous conseille de passer des radios. Voyez également avec le service des urgences s'ils peuvent vous recoudre ça... J'appelle une voiture ou vous pouvez vous rendre seul à l'hôpital ?

Je lui répondis qu'il était hors de question que j'aille à l'hôpital. Je voulais qu'il me donne seulement de quoi faire passer ce fichu mal au crâne.

Comme il insistait pour m'envoyer voir les carabins de service, j'ai pris peur et je lui ai promis de m'arrêter en passant, pourvu qu'il m'indique le chemin le plus court à cet effet.

Lorsqu'elle me vit, la préposée à la réception de l'hosto, habituée à en voir de toutes les couleurs, n'a pas demandé de quelle lessiveuse je sortais. Elle m'a simplement prié gentiment mais fermement de décliner tout ce que je pouvais pour m'identifier. Ensuite, elle a téléphoné et, moins de deux minutes après, un grand gars en blouse blanche est arrivé. Il m'a tripoté longuement la tête, hochant doctoralement la sienne, puis croyant me rassurer, a émis quelques sons qui tenaient plus de borborygmes que de phrases :

- Pas trop grave... 'paremment...mais... bôoo... J'peux rien faire... pfeeff, ce soir... Verrons... heueh, demain matin... 'tendez-là un moment !...

Il s'est adressé à la fille et, dans le même temps a griffonné quelques lignes sur un bloc de papier.

Elle a consulté le planning, puis d'un air entendu, a repris son téléphone.

Tandis qu'il exécutait un demi-tour sur place en faisant crisser ses chaussures à semelle crêpe, l'homme en blanc m'a dévisagé et esquissé un vague sourire avant de dire :

- On s'occupe de vous !... Tout va bien se passer... Soir M'sieur !...

Puis, il m'a planté là, et en trois enjambées, a disparu par où il était venu.

Cinq minutes plus tard, j'ai vu arriver derrière un chariot à roulettes, un gros moustachu rigolard.

Il a pris le papier que lui tendait la réceptionniste-téléphoniste en disant "merci miss", puis s'est approché de moi et m'a fait signe de grimper sur son bolide, éructant :

- En voiture !...

Et me regardant sous le nez :

- Ben dites donc, elles étaient combien pour vous arranger comme ça ?... On peut dire que vous avez du succès !...

J'en avais tellement marre de cette journée qui n'en finissait pas, que j'ai rien trouvé d'intéressant pour répondre à sa connerie pas méchante. Je me suis contenté de m'asseoir sur sa carriole, haussant les épaules et prenant mon air le plus triste. Ce que voyant, il n'a plus rien dit jusqu'à la chambre où il m'a déposé près du lit.

Avant de sortir, il s'est contenté de la formule qu'il devait répéter à chaque convoyage :

- 'Pouvez vous déshabiller !... L'infirmière va pas tarder. B'soir M'sieur...

Dans la pénombre de la chambre, c'est à peine si j'ai aperçu le gars qui dormait dans le lit à côté.

Au calme, je me repassais les péripéties de ce jour noir.

Je n'avais pas besoin de me pincer pour savoir que je ne rêvais pas, ma tête et ma lèvre supérieure étaient là pour me rappeler cruellement la pénible réalité. J'avais tout de même la curieuse impression que c'était arrivé à un autre.

Autant, sur le moment et jusqu'à maintenant, j'avais, d'une certaine manière, maîtrisé la situation, autant en cet instant, je me sentais fourbu et désorienté, comme si j'étais arrivé à pied au milieu de la forêt amazonienne en pleine nuit, et qu'il me faille continuer, sans boussole pour en sortir. L'homme est toujours seul dans les mauvais moments de son existence.

J'essayai de ne plus penser et, mécaniquement commençai à me déshabiller quand l'infirmière est entrée. Elle a attendu que je sois complètement à poil, couché dans le lit, pour piquer ma veine du bras et me relier à un tuyau terminé par une poche plastique suspendue à une patère à côté du lit. Je lui laissai faire son manège et ai avalé les pilules qu'elle m'a mises gentiment dans la bouche.

Je ne devais pas tout à fait être mort, puisque j'ai pris conscience qu'elle était mignonne avec ses longs cheveux noirs, noués en queue de cheval.

Puis tandis qu'elle me recommandait, de sa douce voix, d'essayer de dormir, je me suis demandé, ayant remarqué qu'elle n'avait pas de soutien-gorge, si, comme certains prétendent, elle était entièrement nue sous sa blouse de nylon bleu pâle. J'ai pas pu vérifier, ce soir là, la réalité de cette allégation, n'ayant pas eu la force ni le courage d'avancer une main vers elle.

Comme elle sortait de la chambre, mes yeux se sont fermés sur ses hanches et ses fesses qui roulaient en s'éloignant, puis j'ai sombré.

Au-dessus d'un lit de flammes, sur un matelas d'eau pétillante, je faisais l'amour avec des Vicky et des Cynthia en alternance. L'une après l'autre : Vicky, puis Cynthia et on recommençait...

Un moment, quand vint le tour d'une nouvelle Cynthia, elle en avait son corps, mais sa tête était celle d'une effroyable gargouille. Sculpture hideuse qui ressemblait à un diable dont les traits grossiers étaient bizarrement ceux de Charles, son mari. Sa langue fourchue léchait mon visage. D'une main ferme, elle prenait mon sexe pour le fourrer dans sa fente, tandis que derrière moi, une femme à tête de cheval m'enfilait l'index et le majeur de sa main droite dans l'anus, en hennissant. Elle me faisait mal, et j'essayai de lui échapper en m'enfonçant plus profondément dans Cynthia. Mais ce mouvement me rapprochait de sa tête qui m'épouvantait, et m'obligeait à reculer de nouveau. L'autre, par-derrière en profitait pour enfoncer plus profondément ses doigts à la manière d'un crochet qui me forçait à lever haut mon cul.

Le drap était blanc, mais un filet de bave, mêlé de sang, était tombé de ma bouche et l'avait teinté d'une tache carminée que j'aperçus à la faible lueur du jour naissant.

Je me réveillai péniblement et, sans bouger, couché sur le ventre, j'avais la désagréable sensation que l'on essayait de m'introduire quelque chose d'étrange dans l'anus.

Je tournai lentement la tête croyant que le cauchemar n'était pas terminé.

L'autre salopard était à poil derrière moi et me ramonait le trou de ses doigts, tandis qu'il se paluchait avec son autre main. Je le soupçonnai sur-le-champ de vouloir foutre son engin en érection en bonne place. J'ai gueulé très fort et appuyé de même sur la sonnette, tandis que d'une ruade violente je déséquilibrai cet indésirable jockey. Il alla péter sa tronche contre l'armoire, puis se relevant vivement, regagna son lit à côté du mien.

Je gueulais encore quand la garde d'étage est arrivée.

J'ai exigé qu'on me sorte rapidement de cette chambre en expliquant les bonnes intentions de mon charmant voisin de lit.

C'est tout juste si cet immonde n'alla pas réclamer que je lui fasse des excuses, car naturellement il niait tout en bloc. Il dormait le chérubin et c'était moi, avec mes cris, qui l'avais réveillé.

Une chance pour lui que je sois relié à mon tube, sinon j'étais partant pour prolonger son séjour ici, sans ordonnance, mais avec une vraie tête au carré.

Dans le doute, et la crainte d'un scandale, le cerbère de service m'assura qu'elle allait rapidement donner des instructions pour qu'on me transfère dans une autre chambre.

Moins d'un quart d'heure après, un malabar se pointait avec sa planche à roulettes.

L'autre affreux n'avait plus bougé une oreille, encore moins la queue, ni même osé croiser deux fois mon regard, craignant les effets des irradiations radioactives que mes yeux lui lançaient.

Je me retrouvais encore dans une chambre à deux lits.

Celui à coté était momentanément vide. Son occupant était déjà en salle d'opération pour un traitement de choc, m'expliqua la responsable d'étage, en même temps que je rouspétai contre cet établissement qui décidément ne pouvait offrir de chambre particulière à ses malades.

- Nous donnons en priorité nos chambres individuelles à ceux qui réservent leur place à l'avance. Pour vous, il s'agit d'un accident, d'un imprévu en quelque sorte, alors nous faisons de notre mieux...

Ne vous plaignez pas, vous auriez pu tout aussi bien vous retrouver en salle commune, avec une quinzaine d'autres !...

Là dessus, elle me planta, après m'avoir connecté au goutte à goutte.

Deux heures plus tard, le brancardier de l'étage est venu me chercher pour me conduire d'abord à la radio, puis en salle de soins, où un jeune gars qui devait bien mesurer deux mètres, s'est fait la main en recousant ma lèvre au point de surjet.

J'étais quelque peu sonné lorsqu'on m'a ramené dans la chambre, mais j'ai pu voir mon voisin de lit, qui lui ne m'a pas vu. Il était encore dans le brouillard de son traitement. De temps en temps, il émettait un faible râle et je n'aimais pas ça. Je me suis rassuré cependant en pensant que ce n'était pas lui qui risquait de me violer vu l'état moribond où il était.

En fin d'après-midi, j'avais pratiquement récupéré.

Je n'avais presque plus mal nulle part et j'ai commencé à avoir furieusement envie de quitter ce charmant endroit. Comme je questionnais l'infirmière au sujet de mon prochain départ, elle me fit sarcastiquement :

- Pas avant le résultat des radios et quand le médecin chef l'aura décidé...

Je lui rétorquai, méchant, que le médecin chef me faisait l'effet d'une purge. Qu'il fallait pour le moins que je téléphone et rapidement parce que mes affaires ne pouvaient pas attendre, elles.

S'éloignant, elle a dit laconiquement, montrant mon voisin :

- Pas si fort !... Vous allez le fatiguer... Je vais voir ce que je peux faire pour vous...

Un quart d'heure plus tard, un gars de l'entretien s'amenait avec un combiné téléphonique sous le bras et me reliait au monde.

J'allais passer mon premier coup de fil, en l'occurrence au bureau de Gary, pour prévenir de mon état, quand la chef d'étage rappliqua dans la chambrée, demandant si je pouvais recevoir une personne qui souhaitait me parler. J'ai pensé qu'elle se trompait, car je ne connaissais personne à cent lieues à la ronde, et devant mon air ironique, elle précisa sur le ton de la confidence :

- C'est bien pour vous... Je voulais d'abord m'assurer que vous ne dormiez pas. Il serait revenu demain, mais je vois que vous êtes d'aplomb, alors autant le recevoir tout de suite... ce sera une formalité faite. Ce monsieur est de la police... c'est rapport à votre affaire !...

Sur le moment, j'ai eu la trouille, mais je me suis rappelé qu'hier soir, j'avais débité mon histoire d'agression à la môme de l'entrée et qu'elle l'avait notée en abrégé sur une espèce de main courante.

Mon récit commençait à être rodé.

Pour la troisième fois, je le débitai à l'inspecteur qui nota tout scrupuleusement, résuma l'affaire et me posa quelques questions.

- En somme, vous avez été agressé hier dans l'après-midi, tandis que vous aviez quitté votre véhicule, en stationnement sur un terre-plein, ceci pour satisfaire un besoin naturel... Bon... Il n'y avait pas, ou vous n'avez pas vu d'autre véhicule en stationnement à proximité ? Pouvez-vous préciser le lieu où vous vous êtes arrêté ? Et pensez-vous, qu'il y avait un ou plusieurs agresseurs ?

- Je peux pas vous dire combien ils étaient, j'ai été assommé par-derrière... et je n'ai pas vu d'autre véhicule aux environs immédiats. Quant à l'endroit, je ne connais pas la région, mais je pourrai vous le montrer, si vous y tenez... Tout ce que je peux vous dire c'est qu'il n'y avait pas de constructions identifiables à proximité et que ce devait être à environ une trentaine de kilomètres au nord de la ville...

- Ouais... C'est tout de même bizarre que vous n'ayez pas été dépouillé... Ils ont certainement été dérangés... Vous êtes sûr de n'avoir rien vu d'autre ?

- Rien vu ! Mais pour ce qui est d'avoir reçu... fis-je, essayant de plaisanter pour le détendre. Vous pouvez constater...

- Ouais... je vois bien, mais enfin, c'est pas bien normal cette affaire...

- Je vous le fais pas dire !...

- Bon, et bien nous en resterons là pour aujourd'hui. Je suppose que vous voulez porter plainte ?...

Je n'avais pas inventé toute cette histoire pour porter plainte, mais simplement pour expliquer mon état. Je n'avais même jamais envisagé que tout ça viendrait aux oreilles de la police. Ils étaient trop bien organisés, trop scrupuleux dans cette contrée. Comme je ne répondais pas, il ajouta :

- Enfin, rien ne vous oblige...

- Qu'est-ce que ça me rapporterait de porter plainte ? demandai-je, afin d'entrer dans son jeu.

- Des indemnités, peut-être... enfin, pour cela il faudrait un jugement... mais d'abord, nous devrons retrouver votre ou vos agresseurs présumés... Encore, vous faudrait-il les identifier... et comme vous n'avez rien vu ! Un complément d'enquête aura certainement lieu. Vous serez de nouveau interrogé sur les circonstances... Mais il se peut après tout, que faute d'éléments suffisants, le dossier soit tout bonnement classé, sans suite...

À l'imprécision de sa rhétorique, je compris qu'il ne tenait pas tellement à ce que je porte plainte. Du travail administratif supplémentaire, voilà ce qui l'attendait si j'optais pour ce choix !

- Alors restons en là, fis-je généreusement, et autant classer tout de suite le dossier.

Soulagé, plus qu'il ne le montra, il n'insista pas, mais, professionnel, enchaîna :

- Bon... c'est comme vous voulez. Nous verrons quelle suite il convient de donner à votre affaire... Cependant, pour la bonne règle, je vous ferai signer votre déposition, quand vous sortirez d'ici. Voici ma carte, vous n'aurez qu'à passer au commissariat. Allez, laissez-vous soigner et à bientôt.

Le vieux à côté, que notre conversation avait certainement perturbé, réclamait à boire. Comme il n'avait pas la force d'appuyer sur la sonnette, je l'ai fait pour lui et l'infirmière a rappliqué peu après, tandis que je téléphonais.

Josie m'a tout de suite passé son patron. Elle n'a pas dû avoir beaucoup de mal à le faire. Au petit cri qu'elle a poussé avant que je n'entende la voix de Gary, j'imaginai sans peine qu'elle devait être sur ses genoux. Il était en pleine forme et pour un peu se serait marré quand je lui contai mon avatar inventé.

- Prends ton temps, fais-toi dorloter !... Aucune importance, te bile pas pour la tournée...

Je l'avais déjà apprécié pour sa bonne humeur et son esprit ouvert, mais là il semblait forcer la dose. Si son client l'avait entendu, je ne pense pas qu'il aurait tenu un tel discours...

- Attends, continua-t-il guilleret, je vais t'en annoncer une bien bonne. Je laisse tomber l'affaire, celle-là et les autres... enfin tout. Je balance les clefs de la boîte, mon vieux, je me tire...

- Comment tu te tires ?!... Qu'est-ce que ça veut dire ?!...

- Rassure-toi Jorje... Je vais pas te laisser tomber comme ça. Je te raconte. Figure-toi, voilà cinq ans, à la mort de mon père j'avais hérité d'une dizaine d'hectares dans l'ouest. Je les louais, comme ils l'étaient avant, à un fermier du coin qui récoltait une année du maïs, une année du blé, une année autre chose... enfin ce qu'il voulait, pourvu qu'il paie la location du terrain. Oh ! une misère, de quoi m'offrir deux chemises, trois pantalons, quelques bouteilles... L'année dernière, un type, un géomètre ou je sais pas trop quoi, m'a demandé l'autorisation d'effectuer des sondages du terrain. Une mission presque officielle, commanditée par le gouvernement m'a-t-il dit. Et puis voilà qu'il y a quinze jours, le même type m'a envoyé les résultats de ses fouilles. En fait, il travaillait pour une compagnie privée et m'a annoncé, devine quoi...

- Je sais pas moi ?... C'est un terrain aurifère qui va doubler ou même quintupler la réserve de Fort Knox !... Il a fait jaillir du pétrole qui maintenant tombe à verse mais empêche les poireaux de pousser !...

- Tout juste mon gars, t'as mis dans le mille !... S'il n'a pas encore fait jaillir le pétrole, ça va plus tarder !... Et selon lui, il y en aurait des milliers de tonnes. Sa compagnie m'a fait une proposition et m'a déjà envoyé un chèque d'acompte. Rien que son montant représente près de cinq ans de mon chiffre d'affaires actuel. Et, tout en restant propriétaire, je peux pas refuser de leur céder le terrain pour l'exploiter, c'est dans l'intérêt public, enfin je te passe les détails... pour moi, c'est le pactole ! Je pars dans trois jours là-bas, voir tout ça sur place, avec eux. Alors la boîte, tiens, comment je la ferme ! Tu connais mes idées sur les vertus du travail !... Même Josie est contente... Pas vrai ma petite poule ?!... Je l'emmène avec moi... Toi, tu pourras garder la voiture et je te fais virer sur ton compte dix fois ce qui était convenu entre nous... Ne me remercie pas, ça me fait plaisir, je suis tellement content, tu peux pas savoir !...

Difficile de me mettre dans sa peau ! Mais, une veine comme ça... à sa place, je surveillerais la môme Josie...

Je n'étais pas aussi content que lui, mais je prenais tout ça comme une bonne nouvelle, agréable à entendre. Vu de mon côté, qu'il ferme sa boite ne me semblait pas forcément bon pour moi. Enfin, j'en avais vu d'autres.

Je le félicitai et le remerciai pour sa générosité.

- Je sais pas quand je te reverrais lui dis-je. Il faut que je reste ici encore quarante-huit heures au moins, et après, le temps de finir la tournée...

- Ne me fais pas rire avec ça... Les cartons qui te restent, tu les brûles ou tu les fous à l'océan !

Là, je trouvais qu'il abusait. Il avait certainement pété les plombs...

- Non ce serait pas réglo pour le client... Je termine et je rentre.

- Comme tu veux ! Mais, je serai plus là pour t'accueillir. Peut-être que je remettrais même plus les pieds dans la région !... J'espère que tu viendras me voir là-bas. Je t'enverrai de mes nouvelles. Et si tu as besoin de fric, t'auras qu'à m'en parler. Allez, que ça carbure... Ha !... Ha !... On te fait la bise !...

En voilà un qui a trouvé sa voie, pensai-je en raccrochant.

J'avais tout à coup une envie terrible d'appeler Vicky.

Je ne l'ai pas fait. Je ne sais pas pourquoi, mais confusément, il me semblait que j'aurais dû.

Le lendemain, j'interrogeais le toubib à la visite matinale. Je voulais savoir quand j'allais pouvoir dire au revoir aux braves gens de cet hosto. Sa réponse ne me donna pas réellement satisfaction.

- Cher Monsieur, lorsqu'on a plusieurs traumatismes crâniens, on attend d'abord les résultats des radios et encéphalogrammes avant de vouloir quoi que ce soit. Je ne tiens pas à ce que dans quelques temps vous vous plaigniez de séquelles et je n'ai pas le droit de courir ce risque en vous laissant sortir sans prescrire une période d'observation que je fixerai, dans votre cas, à cinq jours minimum. Naturellement, je ne peux vous retenir contre votre gré, et dans le cas ou vous vous obstineriez à partir, sans mon consentement, vous me signerez une décharge...

Comme il n'avait pas l'air de plaisanter, je ravalai mes envies de fuite et décidai de me laisser tranquillement soigner, d'autant que rien ne me pressait de finir cette tournée, et rentrer à la maison où personne ne m'attendait.

Khoeki, - c'était le nom de l'ancêtre qui me tenait compagnie dans le lit à côté - était plus gaillard que la veille.

Il approuva ma décision de rester, et, dit-il, trouvait que j'étais un "brave gars".

Cependant, il comprenait parfaitement mon envie de quitter les lieux dès que possible. Lui non plus n'aimait pas rester enfermé entre quatre murs, surtout ceux d'un hôpital. C'était la quatrième fois en moins de six mois qu'il venait et l'espoir d'une guérison était faible : ses métastases se multipliaient et créaient de nouvelles tumeurs plus vite que celles que l'on pouvait soulager.

Malgré ce mal qui le rongeait et le faisait souffrir, jamais il ne se plaignait. Pour ça, et d'autres raisons inconscientes, il entra dans mon estime. Au bout de deux jours nous étions devenus amis et le troisième il fut en veine de confidences.

Depuis près de dix ans, il habitait un hameau désertique à une trentaine de kilomètres au sud de la ville.

Pour lui c'était encore trop près d'une grande cité.

Il avait passé sa vie dans les montagnes et il y serait encore, s'il n'avait dû, par nécessité, se rapprocher de la civilisation, depuis sa rencontre avec Jenny. Enfin, celle qu'il avait nommée Jenny. Elle avait maintenant une trentaine d'années, du moins le supposait-il, car, lorsqu'il l'avait découverte, il estima alors qu'elle avait à peine plus de vingt ans.

Le soir où il découvrit Jenny m'expliqua-t-il - et ce fut véritablement plus une découverte qu'une rencontre -, il revenait du village où il s'était attardé avec trois fermiers de la région. Ces derniers ergotaient sur le prix de louage de ses prés d'altitude et de ses cabanes de bergers. Ils ne voulaient plus payer de tels prix annuels et avaient renouvelé leurs offres d'achat dont lui ne voulait pas entendre parler : sur le principe, il n'avait pas envie de se dessaisir de ses terres. Trop de souvenirs l'en empêchaient et cela eut été les trahir, sinon les perdre, de monnayer quelques hectares ainsi que les cabanons qu'il avait construits lorsque ses forces le lui permettaient. Il avait le temps d'aviser plus tard.

Ces propositions trop souvent réitérées à son gré, l'avaient particulièrement contrarié ce jour-là.

Quelques minutes avant d'arriver chez lui, il arrêta sa camionnette au bord du chemin afin de se calmer en contemplant le paysage et se remettre en harmonie avec cette nature grandiose qu'il aimait.

Des centaines de fois il l'avait admirée cette vallée, à toutes les heures du jour et de la nuit. Au petit matin, lorsque la lune s'efface dans l'éther d'un ciel bleu pâle tandis que le soleil levant projette un faisceau d'or rouge éclaboussant la colline et que des mèches laineuses et blanches de brume s'effilochent en s'élevant de la nuit. En plein zénith de juillet, alors qu'une brise chaude venue de la vallée métamorphose quelques moutonnements cotonneux en nuages gris-blanc et joufflus, annonciateurs d'une pluie d'orage avant la fin du jour...

En ce milieu du printemps, où certains arbres portaient encore leurs fleurs, alors que d'autres déployaient déjà de petites feuilles fragiles au vert transparent, il aimait écouter le gargouillis musical des ruisseaux fougueux qui descendaient les pentes décoiffées des prairies où quelques plaques de neige brillaient encore.

Comme il se gorgeait d'un air pur aux senteurs fleuries, il entendit des coups sourds qui semblaient être frappés de l'intérieur d'une cabane de cantonnier à l'orée de la forêt toute proche. Il pensa à quelque animal, entré là en quête de nourriture, et qui se fracassait contre les planches de la petite construction afin d'en retrouver la sortie. Il avança vers la baraque en bois, poussa prudemment la porte et se tint sur le côté pour laisser passer l'animal sans l'effrayer. Mais il ne vit rien sortir.

Intrigué par le bruit qui persistait, il entra.

Dans un coin de la bâtisse, émergeait d'un sac de toile ce qui lui sembla une tête humaine cagoulée et bâillonnée.

Il ôta le bâillon de chiffon et, lorsqu'il retira l'espèce de cagoule, découvrit le visage d'une jeune femme. Malgré la pénombre, il discerna ses yeux révulsés et ses traits crispés de peur.

C'était à peine si elle pouvait parler. Elle hoqueta :
- Aidez-moi ... Je n'en peux plus !...
Avant de s'évanouir.

Il défit les liens qui la ligotaient et la transporta dans sa camionnette.

Lorsqu'ils arrivèrent chez lui, il l'étendit sur le lit, toujours inconsciente.

Ses vêtements étaient en lambeaux, mais elle n'avait pas de traces visibles de coups, sur ce qu'il pouvait voir de son corps.

Bien que cela fût secondaire pour lui, il constata qu'elle n'avait pas non plus de papiers sur elle qui puissent l'identifier.

Il alluma le feu et fit chauffer du lait. Elle n'avait peut-être pas mangé depuis longtemps et il pensa qu'à son réveil le lait la réconforterait et la nourrirait. Demain, il ferait jour et elle serait plus en état de s'expliquer.

Tard dans la nuit, alors qu'il s'était assoupi sur son canapé, il fut réveillé par des cris.

Il se précipita vers la chambre, éclaira et, s'approchant de la jeune femme, essaya de la calmer par des paroles apaisantes, mais rien n'y fit.

Elle était comme folle et hurlait, ne le voyant même pas. Il se résolut, à contrecœur, à lui lancer une casserole d'eau froide au visage. Surprise, elle s'arrêta de crier.

Elle semblait sortir d'un cauchemar, dont elle ne se réveillait que très progressivement. Il profita d'une accalmie pour lui faire boire un bol de lait, qu'elle avala gloutonnement, manquant même de s'étrangler.

Lorsqu'elle eut fini de boire plus calmement un deuxième bol, et qu'il sentit qu'elle se détendait et prenait confiance, il l'obligea à manger et lui fit prendre un somnifère. Peu de temps après, elle s'endormit paisiblement.

Ce fut seulement vers midi, qu'emmitouflée dans une couverture pour cacher ses vêtements déchirés, il la vit arriver alors qu'il était à son atelier attenant à la pièce principale.

Il s'apprêtait à cuir au four quelques objets en terre, qu'il avait créés.

Selon son inspiration et son humeur du moment, c'était des vases, des cruches, des bougeoirs, parfois même des personnages.

De temps en temps, lorsqu'il en avait un nombre suffisant, il partait les vendre au village et dans les environs auprès des commerçants. Cela lui rapportait quelque argent, et plaisait aux touristes, amateurs d'art populaire.

- Bonjour, fit-elle timidement.

Puis, l'air étonné :

- Excusez-moi, mais où suis-je ?... et qui êtes-vous ?...

Elle le regardait avec douceur, en souriant.

Malgré son accoutrement misérable et ses traits fatigués, il la trouva très belle. Il en fut un instant troublé et bredouilla :

- Bonjour... Mademoiselle... Je m'appelle Khoeki, et vous êtes ici chez moi.

Puis se reprenant :

- Je vous ai trouvée dans une cabane hier soir, près de la forêt... Vous étiez bien mal en point. Vous allez peut-être pouvoir m'expliquer ce qui vous était arrivé auparavant...

Elle regarda autour d'elle, sembla ne pas avoir entendu ses propos et continua de sourire.

Il crut l'avoir gênée et se ravisa :

- Peut-être pouvez-vous me dire d'où vous venez ?... Je pourrais m'arranger pour prévenir...

- Prévenir qui ?..., dit-elle presque gaiement, d'une voix claire.

- Et bien, mais ceux qui doivent vous attendre, s'inquiéter même.

- Mais, à part vous, je ne connais personne. Vous seul pouvez me dire où je dois aller... si vous voulez que je parte...

Apparemment, elle ne jouait pas la comédie.

Il en déduisit que ses mésaventures lui avaient fait perdre momentanément une partie de la mémoire. Il décida de ne pas la brusquer par d'autres questions et d'attendre qu'elle retrouve ses souvenirs.

Elle regardait autour d'elle dans l'atelier avec grand intérêt et parut surprise en découvrant le chevalet dans un coin. Un tableau, qu'il avait commencé l'été dernier était posé dessus et, comme tout ce qui était dans l'atelier, était recouvert d'une épaisse couche grisâtre de poussière terreuse. Elle l'époussseta et eut un regard ravi lorsqu'apparurent les taches colorées de l'esquisse.

- Il n'est pas fini..., dit-il comme pour s'excuser, le prenant dans sa main. La peinture vous intéresse ?...

Elle sembla hésiter :

- La peinture... oui la peinture, je crois que j'aime bien ça !... Comment faites-vous cela ?...

Il reposa le tableau sur le chevalet, prit un pinceau moyen dans un pot, mélangea deux couleurs qu'il écrasa sur sa palette avec du blanc, puis, procédant par touches, il ajouta du ciel sur le paysage inachevé.

Elle le regardait avec une vive attention. Alors, il lui tendit le pinceau :

- Essayez !...

On aurait dit qu'elle n'attendait que ça. Sans se faire prier, elle se mit à compléter le ciel, comme elle venait de lui voir faire. Elle avait la main sûre, comme si, pensa-t-il, elle était familière de cet art. En même temps, son habileté le rassura sur son état : si elle avait provisoirement perdu la mémoire, ses autres facultés mentales et physiques lui étaient apparemment restées.

- Continuez, si vous voulez...

- Non, c'est votre tableau... je ne veux pas l'abîmer. Une prochaine fois, j'essaierai autre chose...

Elle passa cette première journée à s'intéresser aux activités auxquelles Khoeki se livrait. Elle ne semblait pas inquiète, mais lui, au fur et à mesure que les heures passaient, s'inquiétait pour elle et se posait des questions sur ce qu'il convenait de faire.

Elle ne le gênait pas, au contraire.

Depuis trois ans que Maricia, sa compagne de toujours, était passée dans l'autre monde, il s'était difficilement habitué à la solitude. Une présence humaine lui manquait, ne serait-ce que pour échanger trois mots, ne pas se sentir seulement un animal dans sa tanière.

Bien sûr, il descendait parfois au village et pouvait rencontrer ses semblables, mais ce n'était qu'un leurre, et bien souvent, quand il revenait, la maison lui semblait encore plus vide.

Aujourd'hui, à ses côtés, la jeune femme avait réveillé en lui cette impression de complémentarité qu'apporte la présence, fut-elle discrète, d'un être à un autre être. Et il lui était même arrivé au cours de cette journée de penser, égoïstement, qu'elle puisse rester quelques temps.

De plus, il pensait qu'elle aurait pu être cette enfant que Maricia n'avait pu lui donner. Mais bien vite il en avait chassé l'idée, évitant tout projet dans cette perspective. Au contraire, il devait absolument découvrir d'où elle venait, même si elle n'était pas en mesure de fournir le moindre renseignement sur elle-même. Quelqu'un dans ce pays devait être inquiet de sa disparition et des recherches étaient certainement entreprises pour la retrouver.

Il se promit que le lendemain, si elle était toujours dans ce même état amnésique, il irait voir les autorités.

- Et je ne l'ai pas fait, ni le lendemain, ni les jours suivants ! Après, le temps a passé et je me suis dit que c'était trop tard. La petite se trouvait bien et moi aussi. Sa présence donnait une signification à mon existence. Oh ! crois-moi Jorje, je me suis inquiété de savoir, si elle était recherchée par un parent, un ami, un mari même peut-être. Mais j'ai fait tout cela discrètement, par moi-même, sans déclarer aux autorités locales que j'hébergeais une personne amnésique, recueillie dans des conditions bien particulières. Peut-être est-ce là ma faute, mais j'avais tellement peur qu'ils ne la placent dans quelque établissement et qu'elle y pourrisse sans espoir d'en sortir en devenant une pauvre chose.

Alors, quelques semaines après l'avoir recueillie, il résolut d'émigrer dans une autre région pour ne pas avoir à donner d'explications au voisinage sur cette présence.

Rien ne le retenait vraiment et il pouvait aussi bien emmener ses souvenirs dans sa tête que les fouler quotidiennement en marchant sur ses terres. Il vendit la maison, les cabanons d'alpage et les prairies à ceux qui lorgnaient dessus depuis longtemps.

L'affaire faite, un beau matin, il chargea sa camionnette et mit le cap au sud avec Jenny. C'est ce jour-là d'ailleurs qu'il la nomma ainsi. Ce prénom, lu la veille dans un journal, lui avait plu.

Pendant quelques temps, ils allèrent par les petites routes et les grands chemins, s'attardant dans les sites qui leur plaisaient. Puis un jour, une ancienne ferme isolée, attira leur attention et comme elle était à vendre Khoeki se porta acquéreur.

Depuis longtemps, personne n'avait eu un regard pour ce coin solitaire qui dépendait d'un hameau dont les plus proches constructions habitées étaient à plus de deux kilomètres. Quant à la première ville, elle se trouvait à une trentaine de kilomètres. C'était loin et proche à la fois : avec la camionnette, il mettait peu de temps. D'ailleurs, il avait dû s'y rendre deux fois par mois pendant près d'un an pour conduire Jenny dans un centre de rééducation spécialisé des troubles de la mémoire. Il l'avait fait passer pour sa fille et avait déclaré qu'elle était devenue amnésique à la suite d'une chute de cheval. Tous les examens cliniques et psychiatriques n'avaient cependant donné aucun espoir, ni émis aucun doute qu'elle retrouvât un jour la mémoire. Par contre, les tests qu'elle avait subis avaient révélé une grande intelligence et des facultés d'adaptation et de compréhension très au-dessus de la moyenne.

Ces résultats l'avaient déconcerté, mais il en avait gardé le bon côté.

Si Jenny, ne pouvait redevenir ce qu'elle avait été en recouvrant la mémoire, elle était une belle jeune femme, sans passé certes, mais avec un présent et un avenir. Ce présent et cet avenir il allait les prendre en charge, la considérant de plus en plus comme son enfant. Une enfant qui naissait à une vingtaine d'années.

Pour lui commença alors une nouvelle période de sa vie.

Il devint un précepteur attentif, mesurant chaque jour les réussites de son élève. Sciences, langues, arts, découvertes du monde, histoire de l'humanité, observation des animaux, de la nature, initiation à la musique..., il dispensa à travers les livres et ses expériences de la vie, plus que Jenny n'eût pu recevoir en collèges spécialisés.

Ses prédispositions pour la peinture se confirmèrent et depuis cinq ans elle consacrait plusieurs heures par jour à cet art. Khoeki n'avait pas eu besoin de lui enseigner cette discipline ; c'était comme si elle avait été naturellement prédisposée.

Ses premières toiles avaient reproduit ce qu'elle voyait : natures mortes, paysages, portraits humains et animaliers. Puis, assez vite, son style d'expression artistique était né. Une prédilection à réaliser des tableaux très colorés qui mettaient en scène une kyrielle d'êtres en mouvement, tous scrupuleusement exécutés dans les moindres détails même pour les miniatures. Son talent et son originalité se trouvaient surtout dans le traité des formes, couleurs et lumières, qui donnaient à ses réalisations une intemporalité.

Au fur et à mesure qu'il me racontait son histoire, Khoeki me donnait l'impression de se détendre, de se libérer d'un poids. Je compris plus tard pourquoi, lorsqu'il m'avoua que c'était la première fois qu'il en parlait à quelqu'un. Depuis dix ans, il n'avait eu confiance en personne. Mais depuis quelques temps, il avait pris conscience plus nettement du danger que cela représentait. Sa maladie et les multiples interventions en soins intensifs qu'elle avait nécessités sans résultats probants, révélaient la faiblesse de son attitude, notamment dans le cas de son éventuelle disparition. Que deviendrait sa protégée, que pourrait-elle faire sans existence légale ?... Car depuis l'époque où il l'avait trouvée dans le bois, il l'avait toujours préservée des difficultés et vicissitudes de la société humaine. Trop même, il s'en rendait compte aujourd'hui.

Et quand il me parlait de Jenny, je sentais l'enthousiasme de Khoeki le gagner.
Il ne put s'empêcher de m'inviter à découvrir ce qu'il appelait "les chefs-d'œuvre" qu'elle avait réalisés.
Plus précisément, quoiqu'il ne me le dît pas, son invitation était destinée à ce que je fasse connaissance avec Jenny. Je le compris à une phrase où perçait toute l'inquiétude qu'il ressentait maintenant à son sujet.

- Aujourd'hui, je ne sais que faire. Jenny semble heureuse et pourtant je ne peux tout lui apporter. Elle est seule et cette vie quasi monacale n'est pas idéale pour une jeune femme. C'est une belle fleur sous une cloche en verre. J'ai peur qu'elle ne s'étiole. Tout est ma faute, je l'ai laissée trop à l'écart du monde. J'aimerais, qu'en douceur, elle en découvre les réalités, mais je n'en ai plus la force, ni l'envie. Et puis, je suis bien trop vieux pour ça et je ne saurais pas la guider sur les bons chemins. C'est quelqu'un comme toi qui devrais la prendre en charge maintenant. Promets-moi de venir passer quelques jours à la propriété. Au moins pour te faire une opinion et me donner ton avis sur ce que je dois faire de plus pour elle, pour son bonheur.

Cette histoire peu banale m'avait intrigué et puis il m'était sympathique et attendrissant avec son histoire.

Je promis donc d'aller les voir. Je ne fixais pas de date, me contentant de lui dire que je le préviendrais dès que cela me serait possible.

Pour ne pas être en reste, comme il me l'avait demandé, je lui racontais quelques moments de ma vie, enfin les plus récents et, bien sûr, je ne pus omettre de parler de ce qui me préoccupait et me tenait le plus à cœur, en l'occurrence de Vicky.

Ce fut d'ailleurs sur l'insistance de Khoeki que, ce soir-là, je me suis décidé à composer son numéro de téléphone.

Malgré ma persévérance, je n'obtins aucune réponse.

Le lendemain matin je renouvelai mon appel avec le même résultat. J'essayai de nouveau le soir même et les jours suivants, mais toujours sans succès.

Khoeki s'employa de son mieux pour raisonner mon inquiétude devant ce silence.

J'imaginais jusqu'aux pires possibilités, sans oser les penser véritablement.

Trois jours plus tard, je sortais enfin de l'hôpital. Les résultats des radios et examens divers m'avaient été favorables, et à part une trace marron qui barrait verticalement mon visage sur le côté gauche, je ne ressentais plus les effets de ma partie de base-ball avec Charles.

Comme je l'avais dit à Gary, je pris la route pour terminer la tournée, mais en l'écourtant.

J'avais maintenant envie de rentrer au plus vite, savoir pourquoi je n'obtenais pas de réponse en téléphonant chez Vicky.

J'étais partagé sur les raisons de ce silence. Je ne savais pas si je souhaitais que Vicky soit allée habiter ailleurs et là je devenais jaloux puisqu'elle avait dû partir avec un autre - je ne pouvais l'imaginer autrement. -

Quoi qu'il en soit, j'étais résolu de passer, chez elle et voir ce qu'il en était.

J'ai toujours préféré savoir, même si ça doit faire mal, plutôt que supposer et douter.

Après ces huit jours de route, je faisais donc un cent quatre-vingts degrés et reprenais le cap d'où j'étais venu.

Je ne me suis pas arrêté chez Khoeki bien que ce fut sur ma route. Cependant, je lui ai téléphoné et lui ai renouvelé ma promesse d'aller les voir bientôt. Il avait retrouvé Jenny, sa maison, et semblait bien se porter. Mais j'ai perçu encore son obsession au sujet de Jenny. Il était si seul face à cette préoccupation que j'ai failli lui dire que j'arrivais. Seulement pour d'autres raisons, j'étais aussi inquiet que lui et n'aurais pas été très à l'écoute de ses soucis, ni eu l'esprit suffisamment libre pour être de bon conseil.

Par contre, j'ai fait une halte à la boutique de Cynthia.

Comme je m'y attendais, le rideau métallique était baissé.

J'avisai à vingt mètres de là, un coiffeur à l'angle de la rue.

J'entrai dans cette ruche bourdonnante de bavardages couverts par les sèche-cheveux en furie. Le salon était mixte. J'ai suivi le figaro jusqu'au fauteuil qu'il me désignait. Par chance, c'était le patron et, quand je lui demandais s'il savait pourquoi la boutique de bijouterie fantaisie et décor intérieur, était fermée, il se mit à me déverser toute son affliction. Encore, j'eus même l'impression qu'il se retenait, car sa femme n'était pas loin, posant des bigoudis colorés sur ce qui ressemblait à un manche à balai à poils longs.

- Ah ! mon pauvre monsieur... Vous n'êtes pas de la région. Si vous saviez, c'est un véritable malheur qui nous est arrivé, voici une quinzaine de jours. Madame Termont, la propriétaire a disparu dans des conditions bien tragiques...

Bien qu'ignorant le patronyme de Cynthia, j'en déduisais cependant qu'il me parlait d'elle.

Je me suis dit aussi, à son émotion, qu'il devait regretter, bien plus la disparition de la belle Cynthia que celle qu'il appelait poliment Madame Termont. M'est avis que le friseur, une fois sa shampouineuse de bonne femme rentrée chez eux, avant lui, le soir pour préparer la tortore, il devait aller reluquer chez la belle commerçante et faire son joli cœur. En même temps que Cynthia, un espoir casanovesque avait dû s'éteindre dans l'esprit du dresseur de cheveux.

Et de me raconter dans les détails l'étrangeté de cette disparition, sous le regard attendri de sa poseuse de bigoudis.

En bref, il en ressortait que Monsieur et Madame Termont - Madame tenait le magasin, Monsieur lui, était souvent en déplacements - habitaient une maison à quelques kilomètres au nord de la ville, dans les collines, un coin bien désert "qu'on se demandait même pourquoi habiter un tel endroit, si loin de tout".

Et il y avait maintenant dix ou douze jours que le drame était arrivé.

- C'était un mardi, je me souviens. Toute la journée, la boutique était restée fermée. J'ai fait la réflexion à mon épouse et nous avons pensé qu'elle s'était absentée pour la journée. Le lendemain, pareil. Comme ce n'était pas une période de vacances pour son genre de commerce, je me suis dit qu'elle devait être malade. Myriam, c'est ma femme, a téléphoné chez eux pour avoir des nouvelles, mais ça ne répondait pas. Alors, on a appelé un de leurs voisins, enfin un de ceux qui étaient le moins loin de chez eux. C'est à peine s'il les connaissait, mais il nous a promis d'aller faire un tour pour voir s'il y avait quelque chose d'anormal. Deux jours après, un article dans le journal nous apprenait que la maison avait brûlé et on avait retrouvé les corps calcinés de ce que l'on supposait être les propriétaires des lieux. Tenez, je vais vous montrer l'article dans l'édition locale, me dit-il, se dirigeant vers son tiroir-caisse pour en extraire d'un fatras de papiers, une découpe du journal qu'il me tendit. Ma femme l'a gardé… Voyez seulement sur la photo ce qui reste de la maison !

Et pendant qu'il finissait de m'enlever quelques grammes excédentaires de ma chevelure je lus l'article dans ses grandes lignes.

"... Le feu a ravagé cette construction aux deux tiers en bois, vraisemblablement pendant le sommeil des occupants. L'enquête en cours et qui s'avère difficile compte tenu qu'il ne reste plus rien ou presque, devra essayer de déterminer l'origine de ce sinistre… Deux corps calcinés, présumés être ceux des propriétaires, le couple Termont, ont été retrouvés parmi les restes de l'incendie...".

Une photo, qui ne montrait rien, ou plutôt un tas de ruines et de cendres, illustrait le macabre article.

- Depuis, reprit l'as du ciseau à couper les poils en quatre, la police s'est livrée à une enquête de routine. L'inspecteur, m'a dit avant-hier, que pour eux l'affaire serait bientôt classée. L'institut médico-légal a eu beaucoup de mal à identifier ce qui restait des corps et se prononcer sur leur identité. C'est maintenant au notaire à rechercher les héritiers du couple. N'empêche, c'est une sale histoire. Je suppose que vous les connaissiez ?...

- Pas vraiment. Je devais remettre de la décoration pour le magasin, mais puisque celui-ci est maintenant fermé...

- Oui, hélas, fit le prince du fer à friser dans un soupir où transparaissait toute sa désolation.

Sur ce, le crâne rafraîchi et les idées claires, bien que tristes, je le remerciai et me dirigeai vers la sortie avant qu'il ne me donne d'autres détails sur les circonstances du drame, que j'avais nulle envie d'entendre. Mes images d'un vécu proche me suffisaient. En l'écoutant, j'avais revu, comme souvent depuis lors, certaines scènes érotiques et tendres en compagnie de Cynthia, mais aussi celles d'horreur, et les actes qui m'avaient été imposés en conclusion.

Je quittai cette ville avec un goût sacrément amer. Je voulais fuir ce qui avait été un épisode effroyable de ma vie, épisode dont je me serais bien passé, même s'il avait comporté des moments intenses de jouissance.

Etait-ce précisément cette juxtaposition du sublime et de l'horrible qui rendait encore plus difficile l'évocation de ces quatre journées avec Cynthia qu'il m'était difficile d'oublier.

En un sens, ma nouvelle préoccupation au sujet de Vicky, fut un dérivatif tout au long de la route de retour.

À peine arrivé, après avoir essayé de la joindre une fois encore au téléphone sans résultat, je me changeai et, sans écouter les coups sourds qui cognaient dans ma tête et ma poitrine, décidai de me rendre chez elle.

"Tout est possible." C'était ce que je me disais en parcourant les trois kilomètres qui me séparaient du domicile de Vicky. Une façon de me préparer au pire. Méthode que j'avais expérimentée plusieurs fois en d'autres circonstances. A ce jeu-là, je gagnais rarement et ne pouvais, avant un événement, m'éviter une foule de suppositions, lesquelles s'avéraient dans la plupart des cas assez éloignées de la réalité.

J'ai cogné façon bûcheron à la porte de son appartement, mais personne n'a répondu. Même ses voisins de palier étaient absents. A croire que le petit immeuble de deux étages où elle résidait, avait été contaminé et que tous ses habitants en avaient été évacués.

Comme il n'était que huit heures du soir, j'ai pensé qu'il ne serait pas indécent d'aller rendre visite à sa mère. C'était à dix minutes, et je ne voyais qu'elle pour me donner des nouvelles de Vicky.

Sa mère, je la connaissais à peine, et les moments où nous nous étions vus, on ne peut pas dire que le soleil avait brillé plus fort pour réchauffer nos cœurs. Enfin, mon inquiétude prenait le dessus sur mes impressions envers cette chère dame, et j'ai mis ma fierté sous la tonne d'humilité qui me restait en réserve pour les grandes occasions.

Elle m'a tout de suite reconnu, sans pour autant dérouler le tapis rouge, quand j'ai débarqué chez elle. Mais ça je m'y attendais. Par contre, elle a été surprise de me voir, même peut-être, choquée. Cependant, le plus étonné des deux fut bien moi, après les deux phrases qu'elle prononça.

- Aujourd'hui où tout est terminé, je m'étonne de votre présence ici. Les vrais amis de Vicky se sont manifestés quand il le fallait et ils ont même contribué à m'aider dans cette nouvelle épreuve.

Elle a dû voir mon air ahuri, et son visage s'est fait quelque peu moins sévère après que j'eus repris sa dernière phrase :

- ..."Vous ont aidée dans cette épreuve" ?... Excusez-moi, je ne sais pas de quoi vous voulez parler ?!...

- Mais… du décès de Vicky !... De quoi voulez-vous que...?...

- ...Le décès de...

Là, j'en ai pris un bon coup derrière la nuque. L'air m'a subitement manqué, ma gorge s'est nouée. Je n'ai plus rien dit et ai dû changer de couleur, car la vieille dame m'a demandé sur un ton moins acerbe :

- Enfin... Vous ne saviez pas ?... C'est impossible !... Personne ne vous a mis au courant ?... Je ne comprends pas... Entrez vous asseoir...

Qui aurait pu me le dire ?... J'étais à mille kilomètres de là et je n'étais pas relié par satellite en permanence avec Vicky !... Je le regrette, mais est-ce que cela aurait changé quoi que ce soit ? Aurais-je pu, par simple transmission à distance, ce soir-là, empêcher qu'un ivrogne, au volant de son trente-cinq tonnes, suive la bande blanche en plein milieu ?... Et qu'en haut de la côte, il percute la voiture de Vicky qui arrivait tranquillement en face ?...

Tout ce fatras que lentement j'étais en train d'écouter de la bouche même de la mère de Vicky. Celle qui lui avait donné la vie, me racontait sa mort. Je comprenais sa souffrance de me narrer tout cela et compatissais à son chagrin qu'elle avait commencé à refouler en elle.

- Voyez, me dit-elle, ils en ont même parlé dans le journal, c'est aussi pour ça que je pensais que vous le saviez.

Je pris le bout de papier qu'elle me tendait, et lui expliquai mon absence ces trois dernières semaines, loin d'ici. C'est à peine, si je regardais la photo de l'article montrant un tas de tôles tordues, mais je me souviens de son titre-légende macabre : "Plus qu'un choc, une explosion... et deux morts". Ce raccourci journalistique, dans le style résultat de match, prenait pour moi l'allure d'une insulte à Vicky. Je n'en fis pas la remarque et rendis le torche-cul sans le lire.

Je n'avais pas besoin de savoir dans le détail les circonstances qui avaient provoqué la mort de Vicky.

Tout ce qui m'importait et me peinait était sa disparition. Et savoir que peut-être, elle n'avait pas souffert, n'allait pas diminuer ma propre souffrance, ni l'affliction et la détresse dans lesquelles je m'enfonçais.

Je bredouillai quelques mots polis à la mère de Vicky, qui se montra très compréhensive devant mon désarroi, puis, je pris rapidement congé d'elle.

J'avais besoin d'être seul.

J'ai roulé lentement dans n'importe quelle direction et me suis retrouvé au bord du fleuve sur un quai désert. L'eau semblait ruisseler sur le pare-brise et les éclats de lumière qui se reflétaient dans l'onde noire, s'irisaient en vacillant, des larmes que je ne pouvais retenir.

J'ai fermé les yeux pour ne plus rien voir.

Vicky est venue, plus présente que jamais. Je suis parti avec elle, c'était merveilleux. Un tapis d'herbe verte défilait sous nos pieds. L'espace nous appartenait, il n'y avait plus de notions corporelles terrestres : je la voyais de face, de dos, de profil, tout à la fois comme je me voyais pareillement. Nous étions elle et moi, l'un dans l'autre en symbiose parfaite d'esprit et de chair. Nous nous rapprochions du soleil qui progressivement nous absorbait dans sa lumière, puis il y eut un grand bruit. Le soleil éclata et tout disparut.

- Monsieur !... Monsieur, vous êtes souffrant ?...

Je baissai la vitre, avant qu'il ne tape encore dessus avec sa torche qui projetait un faisceau de lumière sur sa plaque de flic.

- Non... je vous remercie, ai-je balbutié.

Comme il jetait un œil soupçonneux à l'intérieur de la voiture, je lui dis que j'avais dû m'assoupir, et tournant la clef de contact, je le remerciai derechef et démarrai.

Il était quatre heures dix. J'avais passé une partie de la nuit, assommé par l'épouvantable nouvelle. J'étais maintenant réveillé, mais le cauchemar allait commencer.

Je prenais graduellement conscience de ce que signifiait la disparition à jamais de Vicky.

Tant qu'elle était en vie, j'avais au fond de moi l'espoir qu'un jour, qui me semblait même proche, nous serions de nouveau ensemble. Que notre différend était provisoire et que l'amour profond et vrai que nous avions l'un pour l'autre prendrait forcément le dessus. Peut-être n'aurions nous pas vécu ensemble comme avant, mais un arrangement aurait vu le jour, nous aurait permis de vivre notre passion, éliminant au maximum certaines contraintes du quotidien, cause partielle de notre désaccord momentané. Aujourd'hui, tout espoir était vainc, et je n'arrivais pas à croire en cette fatalité.

Vicky c'était un cadeau que la vie m'avait fait.

Depuis cinq ans elle m'apportait sa jeunesse et à la fois sa maturité de femme.

À trente-six ans, lorsque nous nous étions connus, la vie l'avait déjà rodée. Deux mariages lamentables l'avaient aguerrie et rendue quelque peu méfiante. Ce fut paradoxalement cette prudence qu'elle manifestait envers la gent masculine qui avait contribué à la naissance et à la continuité de notre liaison amoureuse. Même si récemment, pour des motifs différents, nous nous étions séparés pour un temps.

Cinq ans déjà que nous nous étions rencontrés.

À cette époque, j'avais décidé de mettre un terme à ma collaboration au journal qui me faisait vivre et assurait une bonne partie de mes revenus.

À quarante-deux ans, j'avais suffisamment bourlingué à travers le monde, et sans pour autant vouloir devenir sédentaire, je souhaitais parfois poser plus longtemps mes valises.

Aucun poste intéressant ne m'ayant été proposé dans cette publication, je m'étais mis en disponibilité. J'avais de quoi vivre, et pour arrondir mes fins de mois, ainsi que préparer une éventuelle nouvelle carrière. Pour cela je prospectais quelques agences de presse et d'éditions leur proposant mes talents de scribouillard free-lance à des fins commerciales ou journalistiques, c'était selon.

Vicky m'avait été présentée lors d'une réunion d'information syndicale.

C'était la première fois que j'assistais à ce genre d'assemblée. J'avais du temps et on m'avait dit que je pourrais nouer des contacts utiles pour l'avenir que j'envisageais.

Dans la salle de conférences, tandis que nous attendions l'intervention des orateurs, j'aperçus un ami de longue date et complice de quelques reportages qui bavardait avec une jeune femme. Nous nous sommes salués d'un signe discret, mais subitement il interrompit sa conversation et me fit signe d'approcher d'eux.

- Vicky, fit-il à la jeune personne, je vous présente Jorje Messand, un ami... Il peut vous apporter quelques idées nouvelles... Il a pas mal voyagé ces dernières années. Maintenant, je sais qu'il a du temps... chose rare, dont nous manquons tous, ou ne savons pas prendre. Mais les résultats sont là, nous ne sommes plus en mesure d'écouter, de penser, de réfléchir et créer en toute sérénité, comme nous en parlions, il y a un instant.

Puis se retournant vers moi :

- Jorje, voici Madame Vicky Laumie... de l'Agence Mattew... plus spécialement chargée des rubriques loisirs, détente, voyages.

Je ne peux pas dire que j'ai flashé à mort sur elle tout de suite. Cependant, je n'ai pas été insensible à son charme et son allure. Un picotement du côté cœur m'a prévenu que le temps risquait de changer, qu'il pouvait se mettre au beau et m'offrir des loisirs, de la détente et des voyages... Mais le titre de "Madame" m'avait impressionné, ainsi que son appartenance à la renommée Agence Mattew, agence spécialisée dans la rédaction d'articles pour la presse féminine.

Je la saluai poliment et confirmai, comme l'avait laissé entendre mon ami, qu'il me serait agréable de mettre ma disponibilité à sa disposition. J'avais dit ça en souriant, d'une manière naturellement aimable, sans obséquiosité, ni flagornerie, et encore moins sur le ton du séducteur-macho. Sans lui montrer surtout, que j'avais entrevu - mais je pouvais m'abuser !- briller une lueur d'intérêt à mon égard dans son regard.

Pendant les deux heures qui suivirent, nous fîmes plus ample connaissance et, voisins de fauteuils, échangeâmes quelques sourires complices, en rapport ou non, avec certains propos de la conférence. En nous disant au revoir à l'issue de la réunion, nous convînmes poliment de nous contacter prochainement.

Je refoulais l'envie de l'appeler dès le lendemain et les jours suivants.

Ce fut elle, moins de deux semaines plus tard qui me téléphona. Avant qu'elle ne se nomme - et elle en fut flattée - je la reconnus immédiatement à sa voix chaude, autre élément de son charme naturel, et que j'avais aisément mémorisée.

Elle n'avait pas une affaire précise à me proposer, mais souhaitait, me dit-elle "compléter son information" à mon sujet, sur un plan professionnel, bien entendu.

Dans l'après-midi, le jour même, je me rendais à l'agence Mattew.

Vicky Laumie avait un petit bureau tout blanc, encombré de mille notes, images, posters, carnets, livres, cahiers, derrière lesquels elle disparaissait presque. Heureusement, elle prit place à côté de moi sur un canapé d'angle près de l'unique fenêtre qui éclairait la pièce.

Je la trouvais encore plus séduisante que lors de notre première rencontre.

Nous avons parlé une paire d'heures, nous trouvant une infinité de points communs et des affinités certaines.

Malgré tous les efforts qu'elle fit, nous ne vîmes cependant pas comment envisager concrètement une collaboration dans l'immédiat, mais cela semblait devenu secondaire.

Comme il se faisait tard, je me suis proposé de la déposer à son domicile. Elle accepta sans se faire prier.

Je me souviens qu'en bas de chez elle, elle a hésité avant de dire :

- J'aimerais vous inviter prendre un verre chez moi..., mais je préfère une prochaine fois !... Ne m'en veuillez pas...

Puis, elle a souri. Alors, je me suis approché et comme elle ne me tendait pas la main pour prendre congé, je l'ai embrassée doucement. Ses lèvres se sont entrouvertes. Ce furent vingt secondes d'intense et pur bonheur.

Il n'y eut pas de prochaine fois dans le sens qu'elle l'avait annoncé.

Le jour où je suis allé chez elle, ce ne fut pas pour boire un verre, mais pour rester beaucoup plus longtemps. Mais avant cela, nous eûmes une autre rencontre.

À la suite de l'entretien à son bureau et de notre premier contact intime enivrant, j'étais de plus en plus fréquemment obsédé par les images précises qui m'étaient restées d'elle, de l'effet qu'elle avait produit sur moi tant par le charme de son esprit, que par ses charmes physiques.

Depuis notre baiser, le goût de ses lèvres était rémanent et me donnait envie de savourer à nouveau ce fruit charnu.

Je me souvenais également que ce jour-là, j'avais fait des efforts considérables pour m'empêcher de caresser la chair soyeuse de ses longues jambes et remonter le long de ses cuisses que je devinais fermes et pleines à travers l'étoffe d'une jupe noire qui moulait ses hanches. Mes yeux s'étaient efforcés de se fixer, avec délectation, sur son visage aux traits bien dessinés, d'où émergeait sa bouche épaisse, et qu'encadraient comme une parenthèse, deux longues mèches de cheveux bruns aux reflets roux qui tombaient en pluie dans son cou.

Par décence, timidité ou quelque autre obscure raison, encombrante et inutile dans le jeu de notre société humaine, je me suis efforcé d'attendre deux longues journées avant de l'appeler. Je ne savais que lui dire qui ne la choquât point, mais je savais ce que je voulais : la revoir, la toucher, la sentir, l'entendre, la goûter, enfin d'une façon plus extrasensorielle, la vivre. Rien ne pouvait nous relier et justifier une nouvelle et rapide rencontre si ce n'était cette furieuse envie.

Le matin du troisième jour, après une nuit agitée, je me décidai cependant à l'appeler et lorsqu'à l'autre bout du fil, j'ai entendu sa voix, j'ai dit courageusement, sans détour :

- Nous ne nous sommes pas tout dit l'autre jour. J'ai encore tellement à vous entendre et à vous raconter... J'aimerais vous rencontrer dès que possible. Pour ne pas prendre sur vos occupations, que diriez-vous de dîner ce soir ?...

Je n'ai pu en dire plus.

Elle devait certainement entendre le tapage de mon cœur. Anxieux, je quêtais sa réponse dans un état semi-comateux, osant à peine respirer.

Fut-elle négative, sa décision me permettrait de retrouver un état proche de la normale... Je m'attendais à un biais aimable, l'excusant pour cette audacieuse invitation. Il m'aurait néanmoins permis de conserver un vague espoir occasionnel dans un futur indéterminé.

Je ne la connaissais pas encore. Je ne savais pas sa droiture et la force de ses sentiments, la franchise avec laquelle elle les assumait, même si parfois cela pu la desservir. En l'occurrence, et pour mon bonheur, mon message direct était très bien passé dans cet esprit droit. Si bien, qu'elle me répondit spontanément ou presque :

- Oui... pourquoi pas dîner. Avez-vous un endroit, sans façon et tranquille à proposer ? Je fuis les lieux à la mode et bruyants !...

Tout comme moi, ai-je failli rétorquer. Mais je me suis abstenu de cette remarque superflue, et je ne sais ce qui m'a pris, j'ai risqué le tout pour le tout.

- L'endroit le plus tranquille..., voyons c'est chez vous, ou chez moi !...

- Oh ! Oh !... a-t-elle fait, amusée.

- Alors disons chez moi... Si cela vous convient, je passe vous prendre à l'agence vers sept heures ? !...

- D'accord, même un peu avant si vous voulez...

Le lendemain de cette soirée, elle n'alla pas à l'agence.

D'autres occupations plus importantes et plus vitales nous attendaient. Bien que pendant une partie de la soirée et de la nuit qui suivit nous ayons exploré les différents et multiples points sensibles de nos corps et abordé ensemble de nombreux rivages sensuels, mêlés à une entente spirituelle naissante, sans nous concerter, nous avions décidé que ce jour là serait notre jour, exclusivement.

Ensuite, je suis certain de n'avoir jamais ressenti une telle progressivité dans l'amour pour un être. Ce qui la veille paraissait apogée, devenait le lendemain prélude.

Pendant les cinq années que nous passâmes ensemble, j'allais de découvertes en découvertes, m'émerveillant de tout ce qui était, elle.

L'intensité de nos sentiments était si forte que les heures, les jours, les mois me parurent des siècles et, paradoxalement, passèrent à la vitesse de l'éclair. A chaque instant, nous goûtions à de nouvelles sensations, des saveurs inhabituelles plus riches, plus entières. Nous transportions et irradions notre amour qui à lui seul transformait tout lieu, en un paradis.

Son corps était pour moi le centre d'un univers incomparable et si pur que seul son esprit était digne de l'habiter. Quel émoi, lorsque je le sentais vibrer sous les caresses inédites qu'elle m'inspirait.

J'étais transporté, quand ajoutant à son plaisir, elle me faisait gémir par ses câlineries dispensées avec largesse et assiduité.

Tout nous était permis. Aucun vice ne nous effleurait. Seul régnait un accord parfait du corps et de l'esprit liés par notre amour. Une félicité totale, où toute nouvelle étreinte nous transportait au summum.

Nos sens en éveil simultanément s'exacerbaient entre eux. Le toucher de notre peau, du moindre effleurement jusqu'aux plus étroits contacts, nous provoquait des frémissements de plaisir, accrus par la vision de recoins secrets et intimes. Les senteurs charnelles qui émanaient de nos voluptés, amplifiaient l'envie d'en goûter les sucs, que nos bouches insatiables absorbaient goulûment.

Notre accord physique s'harmonisait à notre entente d'esprit. Point n'était besoin de paroles pour se comprendre. Ce que l'un ressentait, l'autre, si ce n'était déjà fait, s'en imprégnait à l'instant.

Face au monde, nous représentions une force peu commune. Rien ni personne n'avait de prise sur nous.

J'étais parfois inquiet, conscient de ne pas toujours mériter cet incroyable bonheur, de ne pas toujours être digne d'elle.

C'est pourquoi, l'ayant perdue, je me sentais puni. Une force maléfique, mais vraisemblablement d'équité, me l'avait enlevée à tout jamais. Je ne pouvais le comprendre et tout mon être le refusait. Nos moments ensemble étaient si fortement vivants et présents qu'il m'était impossible d'en concevoir la non pérennité.

Lorsque nous nous étions quittés quelques semaines avant, j'avais la certitude que cela était provisoire et que tout recommencerait. Et même pendant cette période, si quelques moments de doute me sont venus, il n'y avait pas l'inéluctable qui me foudroyait comme je l'étais après cette terrible nouvelle. J'aurais préféré et aussi supporté - malgré le mal que j'en aurais éprouvé - qu'elle me quittât pour un autre : il me serait toujours resté l'espoir.

Pendant les semaines qui suivirent la nouvelle de sa mort, je me suis cloîtré.

Cela n'a rien arrangé à mon esprit, ni à mes affaires qui n'étaient déjà pas florissantes.

Je me suis demandé un temps, ce qui me restait à fiche dans ce monde où je savais ne plus la revoir à jamais. Je dus à la crainte et l'instinct de conservation de ne pas mettre fin à mes jours.

Même Sandra ne trouva pas grâce à mes yeux. Je refusais de la voir après lui avoir expliqué ma peine au téléphone. Elle avait pourtant assuré qu'elle me comprenait et vainement essayé de m'apporter une consolation. Devant mon obstination et mon refus de la voir, elle m'apprit un jour qu'elle allait rejoindre son amie Josie qui était avec Gary. Peut-être s'installerait-elle où ils étaient. Je lui souhaitais bon voyage, et ne cherchais pas à la retenir. Je voulais, d'une manière sans doute égoïste, rester désespérément seul avec mon chagrin.

Cette prostration dura plus de quatre mois, et sans un appel imprévisible, je ne sais pas ce que je serais devenu.

Le téléphone sonnait depuis longtemps et je n'avais pas envie de répondre.

Parfois, dans l'état second où je me trouvais, comme aujourd'hui, rien, ni personne ne pouvait m'intéresser.

Cependant, après un très long moment, j'allais décrocher, mû par je ne sais quelle impulsion réflexe ou seulement désireux de mettre fin à cette insistante sonnerie.

À l'autre bout du fil, la voix inattendue de Khoeki ne me fit pas, sur le moment, prendre conscience que le destin me faisait à nouveau signe.

Je fus à peine aimable, mais il ne s'en offusqua pas. Il voulait simplement me rappeler ma promesse d'aller lui rendre visite. Cela me surprit et me sembla bien loin dans le temps et l'espace.

Je n'avais vraiment pas l'esprit d'entreprendre un voyage de mille kilomètres pour le voir et l'entendre encore. J'avais mes propres soucis et c'était suffisant.

Je lui racontai brièvement ce qui était arrivé à Vicky afin qu'il comprenne ce qui n'allait pas pour moi. Il me sentit déprimé et insista au contraire de plus belle pour que je vienne, finissant tout de même par trouver l'argument qui me décida.

- Écoute, je sens que je vais bientôt crever. Depuis des années, tu le sais, j'ai vécu comme un sauvage, faisant confiance à personne. Tout de même, j'ai quelques dispositions à prendre pour ne pas laisser Jenny dans la panade... Ne t'étonne pas, mais tu es le seul qui peut m'aider et auquel je peux transmettre en toute confiance le peu de biens qui me restent. Je ne peux pas faire ça par téléphone.

Viens, tu seras ici comme chez toi !... et tu me rendras un très grand service...

- Arrête ! rétorquai-je, tel que je te connais, tu feras un centenaire. Mais pour te faire plaisir et que tu cesses de t'inquiéter sans motif, je serai chez toi dans trois ou quatre jours.

- Merci Jorje ! Jenny et moi t'attendons.

À peine avais-je raccroché que je regrettais cette promesse qui allait m'obliger.

Finalement, quatre jours plus tard, en fin de journée j'arrivais en vue de la propriété de Khoeki.

Il me l'avait tellement dépeinte que je ne pouvais pas me tromper. Je vis la construction tout en haut d'un mamelon, dominant la vallée à dix lieues à la ronde.

L'endroit était certes désert, mais plus enchanteur qu'il ne l'avait décrit.

Depuis la grande route, pour accéder à la maison, il fallait emprunter un chemin de terre plus carrossable pour un tracteur que pour une voiture. Une haie d'arbres fruitiers, que le printemps précoce avait déjà couverts de fleurs, balisaient les quelque trois cents mètres à parcourir jusqu'au sommet de la colline d'où la bâtisse en bois peint émergeait naturellement et harmonieusement de la verdure.

J'arrêtai la voiture près de l'entrée.

Comme je m'apprêtai à en descendre, une vision me cloua sur place.

Etait-ce dû à la fatigue de la route, à mon état psychique défaillant ces derniers temps, mais cette apparition me fit l'effet d'un mirage, d'une irréalité.

Je fermai les yeux, puis les rouvrit trois secondes plus tard, mais j'avais toujours la même vision. Mieux, ou pire, elle bougeait et s'avançait vers moi, ainsi que dans un rêve. Comme je ne bougeai pas, elle s'arrêta aussi.

Et alors, il fallut bien me rendre à l'évidence : à quelques mètres de moi il y avait Vicky.

Je n'ai jamais cru aux phénomènes surnaturels ou en la réincarnation. Pourtant l'être que je voyais devant moi, n'était autre que Vicky.

J'ai failli crier son nom, pour ne pas qu'elle disparaisse.

En chancelant presque, je suis descendu de la voiture.

Je me suis approché de la jeune femme brune qui se tenait à quelques mètres et qui, souriante, m'a dit :

- Bonjour ! Vous êtes Jorje ?!...
- Oui !... balbutiai-je. Mais...
- Alors, soyez le bienvenu. Nous vous attendions !...
- Vous êtes...
- Jenny !... Khoeki se repose à l'intérieur. Venez, il va être heureux de vous voir. Il était impatient. Ces derniers temps, il était très fatigué, mais depuis deux jours, depuis qu'il sait que vous venez, il semble aller mieux...

Je me demandais à cet instant si, moi par contre, je ne commençais pas à souffrir de quelque mal mystérieux. Une espèce d'obsession qui me ferait retrouver un être dans un autre.

Jenny... c'était Jenny, comme elle s'était nommée, et non Vicky que j'avais en face de moi.

La ressemblance entre deux êtres ne pouvait se concevoir aussi parfaitement - à moins de gémellité- et je doutais encore, lorsqu'à sa suite je pénétrai dans la pièce principale. Au même physique, correspondaient une prestance et une allure identiques. Seule sa voix me paraissait moins grave que celle de Vicky. Cela contribua à peine à me rassurer sur ma raison.

- Attendez !... fis-je subitement, tandis qu'elle allait ouvrir la porte d'une autre pièce où devait se trouver Khoeki.

- Oui, dit-elle, se retournant.

- Heu !... Pourrais-je avoir un verre d'eau... J'ai très soif et pour ne pas m'attarder, je n'ai pas voulu m'arrêter en route.

Je prétextais cette soif, pour la regarder de nouveau et vérifier que je ne devenais pas fou.

- Excusez-moi, j'aurai dû vous le proposer. Ma hâte de prévenir Khoeki...

Je n'avais pas rêvé et mes sens ne m'abusaient pas. Cette femme ressemblait trait pour trait à Vicky. Elle paraissait seulement plus jeune de quelques années.

C'est alors qu'un déclic se fit en moi, mais cela me parut si extraordinaire que je remis à plus tard ma réflexion à ce sujet.

- Non, c'est vous qui devez m'excuser de cette demande insolite. Depuis quelques temps, je ne suis plus tellement moi-même...

- Je sais, fit-elle aimablement.

- Ah ! vous savez. Khoeki...

- Oui, enfin, il m'a seulement dit que vous avez eu un gros ennui récemment et que nous devons nous montrer très compréhensifs avec vous.

- C'est un peu ça. Un choc émotionnel, en quelque sorte, mais...

Je n'eus pas le temps de terminer ma phrase.

Khoeki venait d'apparaître à la porte de ce que je supposais être sa chambre.

Son visage était encore plus pâle qu'à l'hôpital et je le trouvais vieilli et amaigri. J'eus l'impression qu'il faisait un gros effort pour ne pas montrer sa souffrance et essayer d'accrocher un sourire sur ses lèvres exsangues.

Cependant, il eut l'air soulagé de quelqu'un qui arrive au port après avoir traversé la tempête, quand il me dit :

- Jorje, enfin... je suis heureux de te voir !... J'ai tant de choses à te dire...

De ça, je m'en doutais, mais je venais soudainement de découvrir que j'aurai également quelques questions à lui poser.

Durant les premières heures qui suivirent mon arrivée, plus j'observais Jenny, plus je trouvais qu'elle ressemblait à Vicky.

C'était en même temps délicieux et effrayant.

J'avais envie de la prendre dans mes bras, mais je ne le pouvais puisque ce n'était pas elle. Et plus je réfléchissais à cela, plus j'en mesurais l'impossibilité. Tant de ma part que certainement de la sienne. Je ne désirais pas Jenny, mais Vicky.

Jenny, elle, se montrait très aimable avec moi, mais avait pour l'instant d'autres préoccupations que celle de me séduire, si même l'idée lui en était venue. Je partageais d'ailleurs un de ses soucis qui concernait l'état de santé de Khoeki.

S'il avait des confidences à me faire, j'avais le sentiment qu'il ne devrait pas trop tarder, sinon il me les ferait de nouveau et au mieux sur un lit d'hôpital, au pire sur son lit de mort. De plus, je ne souhaitais pas rester trop longtemps ici avec en permanence la présence de Jenny-Vicky qui me troublait.

Aussi, dès le premier soir j'essayais d'attirer Khoeki sous la véranda afin que nous soyons seuls pour parler. Mais il était trop fatigué. Ses idées s'embrouillaient et malgré l'envie que j'en avais, je ne lui parlais pas d'une affaire qui m'intriguait. Je le laissais s'exprimer et compris tout de même, à travers son verbiage confus, qu'il avait l'intention de me transmettre ses biens à gérer. Il souhaitait de même que je me charge de Jenny, bien qu'il l'ait pourvue avec des placements qui constituaient des revenus réguliers.

Sur le moment, je ne répondis pas à ses propositions, me réservant la nuit pour réfléchir.

Le lendemain, il était plus d'une heure l'après-midi, je n'avais pas encore vu Khoeki. Je commençais à m'inquiéter.

J'allais trouver Jenny dans son atelier afin de savoir si c'était habituel. Elle dissipa mes craintes, confirmant qu'elle le voyait rarement avant l'après-midi.

- Le matin il reste dans sa chambre. C'est ainsi depuis son dernier séjour à l'hôpital où vous l'avez connu. Il remue des paperasses, lit, écrit ou se repose. Il lui arrive de dormir jusque très tard et c'est bien ainsi, car je crois qu'il dort peu la nuit.

Je regardais Jenny et je sentais que progressivement, je m'habituais à sa présence, c'est-à-dire que je commençais à l'identifier sans trop la confondre avec Vicky. Son regard était quelque peu différent, moins dur peut-être ou plus chaleureux, et sa voix plus douce. Cependant, j'avais toujours mon idée sur cette étrange ressemblance, et avais hâte que Khoeki réponde à quelques-unes de mes questions pour la vérifier.

Jenny revint avec moi dans la maison et frappa à la porte du bureau-chambre.

Comme elle n'obtenait pas de réponse, elle entra, puis marquant l'arrêt, se retourna et demeura surprise :

- Il n'y a personne... Vous ne l'avez pas vu sortir ce matin ?... Son lit est fait, tout est en ordre.

- Il n'a pas pu aller bien loin, dis-je pour nous rassurer.

- Détrompez-vous, il conduit encore !...

Elle sortit, et comme je la suivais, nous entendîmes le bruit d'un moteur qui se rapprochait.

- Inutile d'aller vérifier au garage... Ce doit être lui qui arrive, fit-elle, détendue.

En effet, précédant un nuage de poussière, une vieille camionnette brinquebalante, finissait de grimper la côte. Dans un dernier hoquet, elle s'arrêta à nos pieds et Khoeki en sortit.

- Bonjour les enfants !... Je n'ai pas voulu vous réveiller ce matin de bonne heure. J'avais des affaires pressantes à traiter en ville... Tout va bien maintenant !...

Je remarquai sous son masque buriné, qu'il s'efforçait de sourire et de faire bonne figure. Il avait ce matin certainement rajouté à sa fatigue et ses traits étaient tirés.

Il entra et après avoir bu un grand verre d'eau, nous demanda à Jenny et à moi de nous asseoir autour de la grande table.

- Voilà, fit-il solennellement, Jorje, tout ici désormais t'appartient. Pour la bonne règle, tu n'auras qu'à envoyer un complément sur les droits de transactions que nous avons faites tous les deux ce matin !... Tu trouveras l'adresse sur ce papier qu'il te faudra également remplir.

- Mais... bégayai-je, qu'est-ce que tu as fait ?...

- Simplement transféré tous mes biens à ton nom... Je t'en ai parlé hier soir, et tu n'as pas dit non. Alors, je l'ai fait et je me sens mieux... Rassure-toi, comme je te l'ai dit, je n'ai pas oublié Jenny dans l'affaire. Alors fais-moi un dernier plaisir, accepte ! Tu feras ce que tu voudras lorsque j'aurai disparu et si cela ne te plaît pas de vivre ici, tu pourras vendre ou louer tout le domaine... Ainsi, tu le vois, rien ne t'ai imposé, je ne me serais pas permis... Tu es le seul que je connaisse pour recevoir tout ça, et je sais que je peux te faire confiance, tu ne me mettras pas dehors le peu de temps qu'il me reste à vivre...

Je ne sus que répondre à cela. Refuser, l'eut contrarié et je ne m'en sentais pas le courage.

Jenny, assise à côté, n'avait pas l'air surprise de ce que venait de dire Khoeki.

Tout cela sentait le coup préparé à l'avance, et si je m'étais dérobé, ils auraient été déçus tous les deux. Mais pour une surprise, cela en était une et je ne sus que dire.

- Khoeki, je n'étais pas venu pour ça !...

- Je sais, mais je t'en prie... Accepte !

J'accusai le coup.

Il savait qu'il m'avait joué là un drôle de tour. En quelque sorte, il m'avait gentiment piégé. Je ne pouvais raisonnablement lui en vouloir, d'autant qu'il ne m'avait imposé aucune contrainte pour recevoir et garder son cadeau.

Durant quelques mois, je vécus avec eux deux, m'initiant à l'intendance du domaine et ne m'absentant que quelques jours de temps en temps, afin de retourner chez moi, sans conviction, mais pour changer.

La troisième fois que je les laissais, je me décidai cependant à rendre visite à la mère de Vicky. Cela ne m'enchantait guère, mais je pensais qu'elle pourrait, soit renforcer, soit balayer une hypothèse dont l'origine était cette troublante ressemblance entre Vicky et Jenny. Hypothèse certainement folle qui avait germé dans mon esprit toujours torturé par l'insupportable autant qu'inéluctable absence de Vicky.

Une récente conversation que j'avais eue avec Khoeki, si elle m'avait apporté quelques précisions concernant la période de sa rencontre avec Jenny, avait quelque peu ajouté à mon trouble.

Je ne pouvais plus alors m'empêcher de faire le rapprochement avec ce que Vicky m'avait raconté un jour. Elle n'en avait parlé qu'une seule fois.

C'était une triste histoire qui lui faisait encore mal des années après.

Lorsque les faits s'étaient produits, elle n'avait pas trente ans.

Sa sœur, plus jeune de six années qu'elle, débutait une prometteuse carrière comme architecte d'intérieur. Elles étaient très unies et se voyaient régulièrement.

Un soir, Vicky l'attendit vainement pour dîner jusqu'à très tard. Ce n'était pas dans ses habitudes de rester sans prévenir d'un retard ou d'une impossibilité. Inquiète, après avoir essayé de la joindre au téléphone, Vicky se rendit dans le petit studio où sa sœur habitait seule. Personne ne répondit. Deux jours après, n'ayant toujours pas de ses nouvelles, Vicky et sa mère signalèrent cette absence inexpliquée. Des recherches furent alors entreprises et son signalement diffusé comme en pareil cas. Mais on ne retrouva aucune trace de la jeune femme. Sa disparition resta à jamais mystérieuse.

Or, la période où Khoeki avait recueilli celle qu'il avait appelée Jenny, correspondait à quelques mois près à celle où avait disparu la sœur de Vicky.

La sœur de Vicky aurait aujourd'hui environ l'âge de Jenny, sa stupéfiante ressemblance, le penchant naturel et l'habileté de celle-ci à la peinture... Même si les deux événements s'étaient déroulés à des centaines de kilomètres, toutes ces coïncidences me troublaient.

Je n'étais pas mû par un désir pervers ou sadique en ressortant cette affaire. Tout au contraire, je pensais aider Jenny à savoir d'où elle venait.

J'avais lu quelque part qu'un choc psychologique rappelant le passé, pouvait parfois faire retrouver la mémoire à un amnésique. Et ce choc, je pouvais peut-être le provoquer auprès de Jenny en l'appelant d'abord par son véritable prénom ou du moins celui que je supposais être le véritable. Seulement j'avais oublié ce prénom utilisé par Vicky pour me parler de sa sœur disparue. La seule personne qui pouvait me le rappeler aujourd'hui était la mère de Vicky. C'est pourquoi, il me fallait la rencontrer une fois encore.

Comme je ne voulais pas lui révéler le motif exact de ma visite, j'usais d'un stratagème.

Quelques temps auparavant, j'avais fait une photo de Jenny et me rendis chez elle muni de cette épreuve.

- J'ai retrouvé dans mes papiers cette photo que Vicky avait laissée à mon domicile... Je crois savoir qu'il s'agit d'une photo de sa sœur dont je ne me souviens plus le nom... J'ai pensé que cela devait vous revenir.

- Anna !?... Mon autre fille s'appelait Anna...

Puis regardant le cliché que je lui tendais :

- Vous êtes sûr que ce n'est pas Vicky ?... Anna semblait plus jeune lors de sa disparition... Mais enfin, elles se ressemblaient beaucoup... et puis sur une photo !...

Ainsi, même la mère de Vicky confirmait cette étonnante ressemblance physique.

Je mentis en rétorquant sur un ton affirmatif :

- Non, lorsque Vicky m'a montré cette photographie, elle a dit qu'il s'agissait de sa sœur... Anna, que je n'ai pas connue, puisque..., enfin, elle n'était déjà plus là...

- C'est égal, il me semblait qu'elle était plus jeune lorsqu'elle a disparu... quelques années en moins. Sur cette photo, j'ai plus l'impression de voir Vicky, il y a peu de temps... Pourquoi, vouliez-vous me rendre ce cliché ?...

- Je pensais qu'il vous serait agréable de l'avoir.. en souvenir !

- Oh !… Vous savez… Anna est toujours présente à mon esprit, même après une dizaine d'années. Comme l'est maintenant Vicky, dont cette tragique et brutale fin m'a également bouleversée... Enfin, je vous remercie...

Je n'insistai pas, réalisant combien l'évocation de souvenirs douloureux, trop présents en elle, lui était pénible.

Je partis laissant la photo, mais sans lui parler de ma rencontre avec Jenny.

Si, comme je le supposais de plus en plus fortement, Jenny et Anna étaient une seule et même personne, il me restait encore à en avoir des certitudes.

J'avais l'impression, au fur et à mesure du temps passé ensemble, que Jenny appréciait de plus en plus ma présence à leurs côtés. Pour ma part, je cherchais plutôt à lui être agréable qu'à lui causer du tourment. Pourtant, peu de temps après le retour qui avait suivi ma visite à la mère de Vicky, je m'enhardis un jour à l'appeler "Anna".

Elle me regarda surprise, puis demanda simplement :

- Qu'essaies-tu en m'appelant ainsi ?.. Tu crois que c'était mon prénom avant que Khoeki me recueille ? Tu peux tout me dire !...

- Non, fis-je gêné, je vérifiais simplement si ce prénom évoquait un passé pour toi... Apparemment non... Je pense que je me trompe et puis... peu importe !...

- Tu as raison Jorje !... Peu importe le passé... Le présent me semble idéal et puis il faut toujours vivre dans le présent, pour bien vivre, n'est ce pas ?...

Elle avait dit cela pour me faire réagir, sachant pertinemment qu'un passé récent me tourmentait et m'empêchait de voir et goûter à ce qui vivait autour de moi.

Je lui souris et son visage s'illumina pour me rendre un sourire éclatant.

Je la trouvais très belle et je pris encore plus conscience, s'il en était besoin, qu'elle était une femme. Une femme désirable pour elle-même et non par l'image d'une autre.

Je me mis depuis ce jour à la regarder avec d'autres yeux.

Peu m'importait dès lors, qu'elle fût Anna et qu'elle me rappelât étrangement Vicky. Elle était Elle, un être vivant, une femme, belle, qui ne demandait qu'à s'offrir à qui saurait lui plaire. Et je m'interrogeais alors pour savoir si je n'étais pas en train d'en devenir amoureux.

Toujours est-il que nos relations évoluèrent, mais lentement, chacun restant sur une réserve prudente de peur de se dévoiler trop et risquer de rompre le charme aussi fragile qu'un fil de verre tressé entre nous.

De plus en plus, je me sentais concerné par tout ce qui la touchait de près, et je n'avais de cesse de lui être agréable, comme elle l'était d'ailleurs avec moi.

C'est ainsi qu'un jour, en sa présence, je fis remarquer à Khoeki qu'elle avait beaucoup de talent et d'originalité. J'allais même jusqu'à émettre l'idée que sa production de tableaux intéresserait certainement quelques galeries de peinture.

- Essaie de leur proposer à ton prochain voyage !, fit-il ravi. Mais je ne sais pas si elle acceptera de te laisser partir avec ses toiles... Elle les a réalisées dans un tout autre but que celui de les vendre !...

- Qu'en dis-tu Jenny ? questionna-t-il, se tournant vers elle.

- C'est vrai, je n'ai jamais envisagé d'en faire commerce... Mais si Jorje pense qu'elles sont susceptibles de plaire, je ne serais pas contre de les exposer dans un premier temps... On verra après !

- Merci Jenny, intervins-je, mais si tu veux les exposer, la galerie qui organisera ton exposition souhaitera forcément la rentabiliser. Pour cela, elle te demandera de vendre certains de tes tableaux, ou alors tu devras payer très cher !

- Jorje, nous verrons bien... et je sais que tu feras pour le mieux !...

- Ben dis donc, reprit Khoeki ironique, on peut dire qu'elle t'a à la bonne. Te faire cette confiance et te permettre de disposer de ses chefs-d'œuvre. Parce que j'aime autant te dire qu'elle leur accorde une sacrée importance. Je dirai même qu'elle met toute son âme dans leur réalisation !...

Lors d'un de mes voyages, j'emmenais une douzaine de toiles que nous avions choisies Jenny et moi.

Je rendis visite à quatre ou cinq galeries de moyenne importance, évitant volontairement les plus renommées.

L'accueil qu'elles firent à la peinture de Jenny me conforta dans mon opinion sur sa valeur artistique. Mais toutes se refusèrent à organiser une exposition sans l'accord de l'artiste pour la vente des tableaux. Car malgré leur enthousiasme, ils étaient avant tout des commerçants rétribués par un pourcentage, d'ailleurs assez élevé, sur les ventes.

L'un d'eux, plus conciliant que les autres et peut-être moins âpre au gain me conseilla de voir avec le Ministère de la Culture, s'il acceptait de verser une subvention à sa galerie. Après réflexion, je me suis cependant demandé s'il avait parlé sérieusement ou s'il m'avait mis en boite.

À mon retour, je fis part à Jenny de cette unanimité mercantile que je regrettais.

J'attachais cependant beaucoup d'importance à obtenir, pour elle-même, la reconnaissance de son talent à travers cette démarche d'une exposition publique.

Jenny se souciait peu de cela, et si elle consentit à se séparer de quelques tableaux, enfin d'en accepter le principe de leur vente, ce fut uniquement pour m'être agréable.

Devant l'intérêt que j'avais précédemment suscité auprès des galeries de moyenne importance, je décidai de rendre visite aux galeries les plus en vogue. Sur les quatre auxquelles je montrais les tableaux, une seule se montra réticente à exposer ce qu'elle déclara être "une pâle copie moderne d'un style à la Breughel".

Je remerciai le directeur de cette galerie pour ce qui me semblait un compliment à Jenny, et partis ferrailler avec les chiffres de pourcentages que voulaient m'imposer les autres, lesquels, je le remarquais, montraient un réel intérêt à exposer les œuvres de l'artiste que je leur présentais.

L'un d'eux parvint, après âpre négociation, à se montrer plus raisonnable dans ses prétentions pécuniaires, et bien qu'il formulât une clause d'exclusivité pour deux saisons, je signai le contrat avec lui.

Jenny eut alors quatre mois pour se préparer. Il fut convenu qu'elle présenterait une trentaine de toiles.

Un mois avant le vernissage, Lionel Ducarroy, directeur de la galerie d'art "Ducarroy et Fils", avec laquelle j'avais signé, m'apprit qu'il était souhaitable et nécessaire que les journalistes spécialisés puissent rencontrer l'artiste pour l'interviewer aux fins de publier avant l'exposition, des articles non seulement sur son œuvre mais aussi sur sa vie.

- Toutes ces choses utiles et futiles qui sont susceptibles d'intéresser les amateurs d'art et les autres, me dit-il, même si certaines n'ont aucun rapport avec l'art proprement dit.

Lui-même, désirait également faire la connaissance de Jenny avant l'événement.

Je restais très prudent sur cette éventualité et ne promis rien tout de suite dans ce sens.

Comme je l'avais soupçonné, Jenny refusa non seulement de rencontrer des journalistes, mais aussi d'être présente au cocktail de vernissage.

Devant ce double refus, Ducarroy vit rouge et menaça d'annuler l'exposition et d'attaquer Jenny en dommages intérêts pour manque de respect au contrat, lequel prévoyait un minimum de collaboration de la part de l'artiste afin de faciliter les ventes.

Je comprenais le courroux de Ducarroy et pour essayer de le calmer, je recherchais un compromis qui lui donnerait satisfaction et ménagerait la pusillanimité de Jenny dans cette affaire.

Mais je ne réussis pas à le persuader que la présence de Jenny lors de la manifestation inaugurale était secondaire, ni qu'il suffirait de remettre ou faire parvenir aux journalistes intéressés un dossier de presse bien élaboré, en attendant qu'elle ne changeât d'avis prochainement.

Il condescendit seulement à ne faire la connaissance de l'artiste que le jour de l'inauguration et encore me dit-il "parce qu'elle demeurait loin".

À ma grande surprise, lorsque je fis part des conséquences de son refus à Jenny, elle se montra très compréhensive et surmontant ses inquiétudes accepta de participer au vernissage, ajoutant en me regardant droit dans les yeux :

- Pour toi Jorje, uniquement pour te faire plaisir !

Puis, bien vite :

- Mais j'aimerais en échange que tu promettes de me guider et me soutenir à cette soirée et également m'aider par ta présence à répondre aux journalistes.

Sa réponse et les conditions dont elle l'avait assortie me remplirent d'aise. Non seulement elle supprimait tout différend avec Ducarroy, mais je perçus dans son souhait un signe tangible de ce que nos rapports progressaient rapidement dans un sens qui me satisfaisait.

- Jenny, dis-je alors, sans cacher ma réelle émotion, tu me fais extrêmement plaisir et de plus, je veux que tu saches que je serai fier d'être à tes côtés ce soir-là.

Khoeki, qui n'avait rien perdu de la scène, me fit discrètement un clin d'œil et je discernai dans son sourire malicieux une approbation entière qui semblait lui donner toute satisfaction.

Puis, voulant marquer cette heureuse conclusion par une boutade à sa façon il nous jeta :

- Je serai moi aussi à tes côtés Jenny, et pour la circonstance, je vous promets d'aller chez le tailleur et m'habiller à la dernière mode !

Ce qu'il fit dès le lendemain, nous demandant à Jenny et moi de l'accompagner, afin que nous le conseillions dans le choix d'un costume, car, nous avoua-t-il, c'était le premier de sa vie.

Nous avions prévu d'arriver un ou deux jours avant la soirée d'inauguration de l'exposition.

La semaine précédente, j'avais livré les dernières toiles à la galerie.

Pour mieux accueillir mes hôtes, j'avais aussi donné un coup de pimpant à la maison, laquelle dans sa désolation d'être trop souvent inoccupée, commençait à sentir le renfermé et prenait des allures de vieille masure.

Singulièrement, la veille de notre départ, Khoeki eut un accès de fièvre.

Le lendemain, il nous supplia de partir sans lui.

Il nous fût difficile d'insister pour l'emmener avec nous. Son état de santé nous imposait avant tout de le ménager.

Jenny décida alors d'annuler son voyage, arguant qu'elle serait inquiète et qu'il était plus important qu'elle restât s'occuper de lui.

Mais devant la colère que prit Khoeki à cette proposition, elle n'insista pas.

- Vous serez absent seulement quatre jours... Je me sens bien, mais pas suffisamment pour vous accompagner dans ce voyage. Partez tranquille... Je préfère rester ici et me reposer.

C'est ainsi que nous partîmes, Jenny et moi.

C'était la première fois depuis que nous nous connaissions, il y avait plus de six mois de cela, que nous partions plusieurs jours tous les deux.

Je n'étais pas loin de croire que Khoeki avait feint une grande fatigue pour nous laisser seuls quelques temps Jenny et moi.

Le voyage nous parut court et, au fur et à mesure des kilomètres qui nous éloignaient de lui, sans l'oublier tout à fait, nous ressentions de moins en moins d'inquiétude quant à sa santé.

Il semblait aussi qu'une nouvelle forme de liberté nous rendait plus maîtres de nous-mêmes. Je remarquai cela au comportement de Jenny : elle était moins réservée, plus à l'aise dans sa peau de femme, comme si progressivement elle muait, s'éveillait au monde extérieur, prenait conscience de sa réalité d'être. Dans le même temps, je sentais bien qu'elle m'observait et je dus aussi respecter ses moments de silence où elle paraissait absorbée dans de profondes pensées.

En fin de journée, nous arrivâmes chez moi.

Jenny trouva la maison à son goût. Visiblement à son aise, rien de la décoration ou de l'agencement ne la surprit ou la choquât. Au contraire, elle fit plusieurs fois le tour intérieur et extérieur, chaque fois en s'exclamant de la disposition des lieux, de l'aménagement général qui, dit-elle, s'harmonisaient avec ses propres inclinations dans un choix de résidence.

La fatigue de la route et la prévision d'une grande prochaine journée, nous incitèrent à prendre du repos. J'évitais ainsi le tête-à-tête d'une soirée propice pour me laisser aller à quelques langueurs affectives, sinon amoureuses, auxquelles j'aspirais et redoutais pareillement.

Je ne voulais pas gâcher Jenny, ni l'amour que je sentais naître en moi pour cet être fragile mais cependant fort d'une carapace hermétique qui m'impressionnait. En la circonstance, je n'osais pas et ne voyais pas ce qui me bloquait, empêchant de ma part une démarche naturelle.

La mince cloison qui séparait ma chambre de la sienne me sembla être un mur infranchissable, séparant deux mondes aux antipodes.

Je commençais à souffrir, et affectionnais dans le même temps cette souffrance, puisqu'elle signifiait que j'étais capable d'aimer à nouveau.

Ainsi, alors que des prémices sentimentales ne sont pas encore confirmées, un être peut prendre place dans l'esprit, sans exclure totalement l'autre être qui l'occupait jusqu'alors.

Je passais une grande partie de la nuit à m'interroger sur la nature de mes sentiments pour Jenny, les confrontant à ce passé si proche, ce manque ressenti par la disparition de Vicky. Je les confondais dans un même besoin d'amour, mais les opposais par ce qui m'apparaissait une sorte d'incompatibilité.

How about you ? par *Les Brown* sur l'un de mes compacts préférés, me tira soudain d'un sommeil profond dans lequel j'avais plongé sur le matin.

Il était plus de dix heures.

Je remerciai mentalement Jenny qui avait su trouver le meilleur pour me réveiller, puis je descendis et la retrouvai au mieux de sa forme et de sa beauté.

Ce que je découvrais m'enchanta.

J'avais l'impression de l'avoir toujours vue dans la maison, tant il est vrai qu'elle s'insérait à merveille dans ce décor.

Ducarroy, le directeur de la galerie, voletait d'un invité à l'autre, présentant sans cesse avec enthousiasme sa jeune et talentueuse découverte.

Il avait rameuté, pour la circonstance, tous ceux qui font et défont les valeurs de l'art pictural actuel, par leurs informations et critiques dans les médias spécialisés ou non.

Souvent, dans ce brouhaha, Jenny cherchait mon regard pour se rassurer. Sans être effarouchée, elle n'était pas à son aise dans cette foule de gens qui lui posaient des questions sur son œuvre, mais aussi sur sa vie, dans l'espoir d'apprendre des détails croustillants dont raffolent leurs publics.

Tous cependant étaient sous le charme de cette femme jeune et belle, nouvelle venue, encore fraîche dans leur univers.

Certains étaient prêts à la croquer et n'hésitaient pas à lui faire des propositions directes, l'invitant à finir la soirée dans leur club ou cantine de luxe. Propositions qu'elle déclinait par un sourire et parfois un appel à l'aide dans ma direction lorsque certains méchants loups insistaient trop.

C'est ainsi qu'à un moment de la soirée, elle s'agrippa à mon bras et dit d'une voix lasse, presque suppliante :

- Pourquoi tout ça, dis Jorje ?... Allons-nous-en ! Toutes ces personnes m'ennuient, j'en ai assez, je ne veux plus les voir !.. Emmène-moi loin d'ici, où je n'aurai jamais dû venir.

En terminant sa phrase, elle prit ma main dans une caresse qui acheva de me troubler.

Je fis un signe à Ducarroy qui s'approcha de nous et lui fis part de notre intention de filer. Le ton sur lequel je lui signifiai cela, ne supportait pas de réplique, mais il nous enjoigna de patienter encore quelques minutes pour les ultimes photos de l'artiste ainsi qu'une "inespérée, mais combien capitale séance de prise de vues pour une télévision".

Une demi-heure plus tard, après avoir promis à Ducarroy de lui téléphoner le lendemain, nous étions dans la rue.

Il faisait doux et il régnait dans l'air un parfum d'invitation à flâner en cette soirée printanière. Ce que nous fîmes en traversant un grand jardin public. La lune montrait généreusement sa face pleine et rieuse, faisant briller le feuillage des buis qui bordaient une fontaine au murmure champêtre.

Le contraste était grand entre cet endroit paisible et l'ambiance superficielle dans laquelle nous nous trouvions peu de temps avant.

J'ai senti que Jenny m'était reconnaissante d'avoir écourté ces mondanités, lorsque, semblant s'amuser, elle nous entraîna vers un banc où nous nous sommes assis.

Elle était maintenant détendue, un calme sourire sur ses lèvres, que l'on pouvait prendre pour une moue. Comme je remettais en place quelques cheveux fous sur son front, mes doigts effleurèrent son visage dans une caresse qui se voulait d'apaisement. Sa main recouvra la mienne sur sa joue, puis la portant à sa bouche l'embrassa en murmurant :

- Jorje !... Jorje, je suis si bien avec toi !...

Elle releva la tête, et alors, dans un même mouvement, lentement nos lèvres se touchèrent et se fondirent en un long baiser, dénouement d'une longue attente commune et prélude à une prochaine absorption totale de l'un et l'autre.

Nous sommes restés très longtemps enlacés, hésitants et incrédules. Puis d'une voix rauque elle a dit :

- Si nous rentrions, nous avons tant de choses à nous dire tous les deux, depuis tout ce temps !...

En fait, cette nuit-là, nous avons peu parlé, laissant nos corps exprimer leur générosité et celle de nos âmes, réunis dans une même fête des sens.

Je découvrais durant ces premières heures de notre nouvelle intimité une autre Jenny. Une Jenny femme qui me surprit par son abandon et sa soif d'amour charnel.

Son corps était un instrument merveilleux et je n'en étais que l'interprète admiratif et comblé. J'inventais pour elle de nouvelles caresses, faisant fi de toute pudeur hypocrite qui nous eut empêchés d'atteindre des sommets de volupté. Mon exaltation et mon extase n'existaient que par ses réactions ponctuées de soupirs de satisfaction.

Depuis la disparition de Vicky, je n'avais plus ressenti une telle plénitude de bonheur d'être intégralement avec un autre être.

Etait-ce leur étrange ressemblance qui agissait sur ma libido et fut pour partie dans la disparition de mon inhibition ? Je me sentais vivre à nouveau et intérieurement remerciai Jenny. J'avais maintenant la certitude que jamais Vicky ne disparaîtrait en moi, mais j'avais trouvé en Jenny une nouvelle raison de vivre, avec tout ce que cela comportait de jouissance et d'amour.

Très tard dans la journée, nous reprîmes conscience du monde extérieur.

D'un commun accord, nous décidâmes de passer quelques jours tous les deux seuls ici.

Nous avions hâte d'annoncer à Khoeki notre nouveau bonheur. Au fond de nous, nous savions qu'il en serait heureux. Nous n'étions même pas de loin de croire qu'il l'avait souhaité, voire qu'il s'était ingénié à ce que cela se produise.

Je laissai à Jenny le soin de l'appeler, curieux de la manière dont elle s'y prendrait pour lui apprendre la bonne nouvelle.

Mais il nous fut impossible de joindre Khoeki. Malgré un bon nombre d'appels à différentes heures de la journée, son téléphone sonnait vainement sans qu'il décrochât.

Le deuxième jour, cette absence commença à nous inquiéter et nous résolurent de prendre au plus tôt le chemin du retour.

Entre-temps, Ducarroy avait appelé maintes fois. Souvent pour me lire les articles ou extraits dithyrambiques de la presse locale et spécialisée relatant le vernissage et l'exposition.

Tout à son contentement, il ne m'en voulut pas trop, quand je lui répétais à chaque appel que Jenny n'était pas là et que de toute façon, elle n'était visible pour personne. Il se doutait que je la protégeais et, que ni elle ni moi ne céderions à la pression du succès.

Comme les visites à la galerie étaient nombreuses et les ventes excellentes, il ne prenait pas ombrage de ce silence. Je n'étais même pas loin de penser qu'il allait en jouer, dans son intérêt et indirectement celui de Jenny. Sa seule inquiétude fut seulement de savoir s'il aurait prochainement d'autres tableaux de l'artiste. Je tâchai de le rassurer là-dessus, lui promettant d'y veiller personnellement.

- Je vous crois Jorje... et ajouta-t-il ironiquement, je crois que vous veillerez aussi beaucoup à l'artiste elle-même, comme l'ont déjà laissé entendre certains journaux...

Je n'aimais pas trop que la presse fasse allusion à ce qui était de notre domaine intime, mais je ne le démentis pas.

Comme d'habitude, la porte d'entrée était entrebâillée et tout était silencieux.

Vers l'ouest, une boule de feu tombait lentement à l'horizon et teintait de cuivre le sommet des grands érables qui fermaient la propriété.

Nous avions roulé toute la journée, avalant d'une seule traite le millier de kilomètres, pour calmer au plus vite notre inquiétude.

Jenny descendit de la voiture et tandis que je sortais nos bagages du coffre, elle pénétra à l'intérieur de la maison.

J'étais sur le pas de la porte, prêt à entrer à mon tour quand je la vis revenir vers moi.

Elle ne dit rien, mais je compris à son expression douloureuse que ce que nous craignions s'était produit.

Je la pris dans mes bras la serrant très fort tandis qu'elle pleurait.

Discrètement, ainsi qu'il avait toujours tout fait, Khoeki avait quitté ce monde.

Il gisait comme endormi sur son grand lit et malgré la raideur de sa dépouille, les traits effacés de son visage le faisaient paraître plus jeune.

Sur son bureau, il y avait en évidence, une enveloppe portant nos deux prénoms écrits de sa main. Je la pris et l'ouvris puis m'approchant de Jenny, lus doucement à mi-voix les quelques mots qu'il avait écrits à notre intention.

" À vous deux,

Ne m'en veuillez pas... Je n'ai pu attendre votre retour, les forces me manquent. Je vais m'allonger, peut être pour la dernière fois, et penser très fort au bonheur que je souhaite pour tous les deux.

Khoeki. "

C'était tout lui jusqu'au bout, s'excusant d'être absent au rendez-vous et nous assurant qu'il ne nous oubliait pas.

Comme il l'avait souhaité un jour où nous en plaisantions, nous l'avons enterré près du gros chêne - " pour être à l'ombre de son feuillage, l'été quand il fait trop chaud ! ".

Puis l'ayant fait, nous avons décidé de quitter la propriété le plus tôt possible. Sans la présence de Khoeki, elle nous paraissait être dépourvue de tout.

Trois jours plus tard, après avoir rassemblé un maximum d'affaires dans la fourgonnette et la voiture, nous reprenions la route.

J'avais conscience que pour Jenny une nouvelle forme de vie commençait et que mon rôle affectif allait devenir de plus en plus important. Aussi, l'entourais-je de toutes les attentions qu'il m'était possible.

Cela contribua ainsi à renforcer notre amour naissant. Et puis c'était devenu une habitude à laquelle j'avais pris goût, car je me rendais compte que Jenny prenait de plus en plus de place dans ma vie.

Pendant plus de deux ans, notre amour a grandi chaque jour et l'entente de deux êtres n'a certainement jamais été aussi parfaite.

Je m'habituais à ce nouveau bonheur et j'étais prêt à croire que la vie me souriait à nouveau, que tout pouvait dorénavant rouler tout seul dans le bien être. Le soleil brillait même sous la pluie.

Un jour, nous revenions d'un séjour au bord de l'océan, quand Jenny manifesta l'envie d'ajouter à son talent de peintre celui de sculpteur. D'une manière particulière puisqu'elle avait remarqué qu'en récupérant des déchets de matériaux ferreux notamment, elle pouvait en les assemblant par soudure créer des formes ressemblant à des animaux, des plantes ou des caricatures d'êtres humains.

Nous nous sommes mis à la recherche de cette matière première nécessaire à son art, auprès d'artisans, serruriers, ferronniers. La plupart ne firent aucune objection à ce que nous récupérions des copeaux et chutes diverses et, bientôt nous avions un stock suffisant qui permit à Jenny de façonner ses premiers modèles.

Quelque temps après, comme je lui faisais remarquer que ses sculptures seraient un complément intéressant dans le cadre des différentes expositions de tableaux que j'avais réussi à programmer, elle me dit :

- Je crois qu'il serait préférable d'attendre. Je ne suis pas encore bien au point dans cette forme d'expression.

Cela même alors qu'une vingtaine de pièces originales s'entassaient déjà dans le garage transformé pour la circonstance en forge, où le forgeron était une adorable créature en minijupe, sous l'épais tablier de cuir.

Je n'avais pas relevé son objection et nous n'en avions plus reparlé.

Un jour, sans rien dire, je subtilisai certaines pièces et les présentai à Ducarroy.

Comme je l'avais prévu, il souhaita les inclure rapidement au catalogue de la production de Jenny. La cote prévisionnelle qu'il fit dépassa par contre de loin ce que j'avais pu imaginer. Mais il m'assura que chaque sculpture était un petit chef-d'œuvre et que son estimation ne prenait même pas en compte le renom de Jenny comme peintre.

J'étais à la fois heureux d'apprendre cette nouvelle à Jenny et dans le même temps un peu inquiet de sa réaction lorsqu'elle découvrirait que j'avais agi sans son accord.

Aussi pour lui annoncer en douceur et surtout gagner son pardon - que je savais malgré tout acquis par avance -, je m'arrêtai chez le fleuriste et fis composer un énorme bouquet de petites fleurs champêtres, ses préférées.

Comme elle n'était pas à l'intérieur de la maison, j'ai filé au garage-atelier, mon bouquet à la main.

J'ai d'abord cru, comme elle me tournait le dos, qu'elle s'était assoupie sur son établi.

Je me suis approché sans faire de bruit pour ne pas la réveiller et la contempler ainsi endormie, comme il m'arrivait souvent de le faire pour mon plaisir.

C'est alors que j'ai vu, avec effroi, sa main noircie au bout de laquelle pendaient les fils dénudés qui reliaient le puissant fer à souder dont elle se servait pour assembler ses morceaux de ferraille.

J'ai débranché fébrilement tout l'ensemble, mais trop tard... elle ne respirait plus.

Je ne pouvais le croire et j'ai pris dans mes bras son corps inerte. J'ai posé mes lèvres sur les siennes, mais plus rien ne bougeait, plus un souffle... Seul son parfum de femme était toujours présent et je la respirai comme si elle était encore vivante.

Je ne pus alors retenir un hurlement : celui de la bête qui supplie qu'on l'achève après le combat, ses blessures n'étant plus supportables !

Je suis resté des heures à pleurer, son corps contre le mien.

Je ne pouvais me résoudre à cette issue tragique, si brusque et brutale.

Sa mort jetait sur ma propre vie un voile noir d'où l'espoir serait désormais absent.

Je mesurais l'inutilité de vivre ou de recommencer à vivre. J'avais déjà eu cette sensation macabre lorsque j'avais appris la disparition de Vicky. La période qui s'en était suivie m'avait fortement éprouvé et je ne pouvais supporter l'idée d'une nouvelle épreuve identique.

J'avais maintenant la conviction que l'on ne maîtrise rien ou presque et, sans toutefois croire à une destinée toute tracée, qu'il faut se résoudre à accepter les événements tels qu'ils s'organisent eux-mêmes. Que chacun peut bénéficier de périodes où la vie se montre délectable, mais qu'il y en a aussi de moins agréables. Question d'équilibre en quelque sorte. Seulement lorsque le mauvais sort s'acharne, n'est-il pas préférable de quitter la piste ?...

Je pris sur le moment la décision de me refermer complètement sur moi-même en attendant une fin que je désirais la plus proche.

Auparavant, je devais donner à Jenny une sépulture digne d'elle.

Point n'était besoin d'une déclaration officielle de son décès - elle n'aurait pas aimé. Et pour l'état- civil, elle n'existait pas.

Depuis sa découverte par Khoeki quelques années avant, elle n'avait pas eu d'existence légale.

Pour ceux très rare qui la connaissait, elle était Jenny et pour le monde artistique, où elle avait fait physiquement une seule apparition, c'était Jenkho, le nom qu'elle s'était choisi - les trois premières lettres de son prénom et celles de Khoeki.

Pour le monde, Jenkho serait toujours vivante à travers son œuvre.

Ma décision était prise. Au petit matin, n'arrivant pas à trouver le repos, je plaçai Jenny dans la camionnette, la recouvrant d'un drap et d'un plaid, puis je pris plein sud, la même route que nous avions faite souvent tous les deux.

Je suis arrivé quelques heures avant la nuit à la propriété.

J'ai creusé un trou à peu de distance où reposait Khoeki.

Mais, j'ai hésité longtemps avant de recouvrir de terre le corps de Jenny.

Je ne sais ce qui m'a retenu de plonger et rester avec elle pour toujours. Je ne pouvais me résoudre à me retrouver de nouveau seul sans quelqu'un à aimer et qui vous aime.

Parfois, nous agissons comme des automates et cela nous sauve ou nous perd.

Quelle qu'influence que nous exercions sur notre destinée, des forces que nous ne pouvons maîtriser ne nous obligent-elles pas à prendre à gauche ou à droite au carrefour de chaque jour ?... Et si, ainsi conduit vers l'inéluctable fin du parcours, nous négligeons de profiter pleinement du moment présent, ne passons-nous pas à côté de notre vie ?...

Lorsque j'ai repris le chemin qui descendait vers la grande route, ma peine était incommensurable, puis j'ai eu à l'esprit l'image de la première fois où je grimpais ce sentier, où tout avait pu recommencer malgré moi, où l'existence avait été la plus forte...

Espoir, plus qu'espérance, je ne savais pas.

Mais j'ai eu, comme une évidence, la révélation d'un sixième sens, aussi important que les cinq autres pour l'être humain dans sa courte vie : jouir.